# 春になったら

白崎龍子

22世紀アート
22nd CENTURY ART

目次

# 文《ウェン》ぼうや

―一九四〇年代・中国　済南―

つばめ　こつばめ　晴れ着きて
春になると　やってくる
なぜくるのと　聞いてみる

ここの春は一番きれい
今年はさらにきれいだよ
大きい工場に　新しい機械

いらっしゃいませ　つばめさん
ずっとずうっとここにいてね

中国地図

「文《ウエン》！　マーはもう水汲みに行ったぞい！」

婆の声に小文《シャオウエン》が走り出ると、マーはもう両端に鉄鎖と鉄鈎《かぎ》のついた担い棒を肩に水桶をぶらさげて中庭から出て行くところだった。

「マー！」

文はまだ眠い目をこすりながら、担がれていく水桶《おけ》のところまで走る。春とはいえ、まだ日の昇らない早朝では吐く息が白くなるほど冷たい。マーはアヒルが歩くように尻をゆらしながらゆっくりと歩む。子供のころ纏足《てんそく》をしていたからだ。民国《みんこく》（一九二八年中国国民党による国民政府）後に布をほどいたが、親指以外の四本の指が内側に折れまがっているので歩むと身体が左右にゆれる。

婆は今もしっかり足に布を巻き小さな布靴をはいている。だから水汲みはできない。朝の水汲みの手伝いは小文の仕事であった。

マーも婆も髪を後ろにひっつめにして髷《まげ》をつくりかんざしでとめていた。マーのまげは黒くふっくら大きかったが、髪が少なくなった婆のまげは栗の実のように小さかった。小文たちは頭におできが出来ているようだと悪口《あっこう》をたたいて笑った。

門を出るとすぐの道沿いに小川が流れている。洗い物は数段石段を下りればよいのだが、炊事用の水は小川の上流の、ぽこぽこと円形の泡となって清水が湧きだすところまでマーは水を汲みに行くのである。泉のまわりには石垣をめぐらしたところがあって、その奥のくぼみに古装束《ふるそうぞく》の泥でできた老人がまつられていた。これを「龍王爺《ロンワンイエ》」とよんだ。良い水がたくさん湧くように守ってくれるのだという。

古いこの街は明・清と幾代も前から「泉城《チュアンチャン》」と云われてきた。はるか街の北方を黄河が流れ、北にはなだらかな山並みが連なる。その低地にひろがる街には大小いく十もの泉があり、ぽこぽこ水泡をつくって清水が湧きあふれている。泉の水は街のあちこちに小河となって流れ、道沿いの楊柳は生気に満ちみちていた。

一九四〇年代、この街は古い昔の風貌そのままだった。かって王府のあった街の中心は頑丈な城壁で囲まれ、湧き出た泉の水は護城河となってその周りを流れていた。東西の護城河はとくに流れが速く、水深も二メートルあまり、水中には黒緑色の水草がゆれていた。城壁の下の方には埋もれた石碑があったり、城壁にはめ込まれた石碑を見かけることがあった。大きいものは一メートルぐらい、小さいものでも五十センチメートルぐらい。年代が経っているから磨滅してはっきり読めないものがおおかったが、この大小の石碑にはみな同じように難を避け平安をもたらす願をこめた「泰山石敢当《タイシャンシガンダン》」という大きな文字が刻まれていた。民家や商店はそれを取り囲むように広がり、そしてさらにその外側にやや小さめの土壁の囲いがめぐっていた。

小文の家は、その街の外側をめぐる土塁の東門を出てすぐに広がる農村部にあった。土塁の壁の外では春には白やピンクの花をつける梨や桃の果樹がここかしこ望まれ、広がる田野の中に村落が散在していた。東方地平線の方には尖った異国風の洪家教会の尖塔がのぞまれた。そのはるか向こうに華山がきりつしていた。

多くの住まいは小川に沿ってたち、門前に川が流れている。前に川なければ後ろに川がある。だから洗濯の心配はいらない。ここかしこいつも小川が流れていた。

小文が水桶を担ぐマーと家に戻ると、婆は中庭にコンロを出してその上に小鍋をのせ、朝食の準備を始めていた。熱くなった鍋にシュッーと音を立てて今汲んできた新しい水をそそぎこむ。さらにひとつかみの米を入れ、熱くなってくると鍋のまわりに粟か雑穀を練ったものをはりつけて焼く。このようにすると時間と燃料が節約できるのである。

普通の家庭の三度の食事はだいたい「塩菜のスープ」だった。肉屋へ行くと「混湯」という肉の茹で汁を売っていた。それを小さな鍋に買ってきて青菜と一緒に煮て食べるのである。でき上がると食卓を囲んで、婆がすわり、パーがすわり子供たちが座る。それぞれ順に椀にもって人参や白菜の漬物を添え、青菜のスープとともに食べる。大人はゆっくり味わいながら、子供は大急ぎで飲み込むようにしてそれぞれがおいしく食べるのだった。

小文《シャオウエン》の村にもこの頃電灯がともった。家の中心に一灯、天井の梁からぶら下がる裸電球であったが、それまでの灯油ランプにくらべ輝くように明るかった。兄の威《ウエイ》はその下に机を持ち出しノートを開き勉強を始めた。電球をねじこんでスウィッチをひねると暗い屋内がたちまち光の輪の中に浮き上がる。昼よりずっと明るく隅々まで照らし出される。

パパも目を細め平たい皿のような電灯のカサを買ってきてつけると、電灯の下はさらに数倍明るくなったように思えた。

兄の威《ウエイ》はなにか難しい文字をノートに書き込み、ときどき大きな声を出して読んだ。

小文《シャオウエン》も一心に兄の手元をのぞき込む。威《ウエイ》はときどき学校の話をしてくれた。それらはだいたい先生から聞いた街の中学校の話だった。

小文の村では多くの子供たちは、運よく学校へ行っても、よくて小学校を卒業する程度、大部分は卒業しないでやめるものが多かった。経済上の理由以外にこの頃は多くの家では、金の勘定ができて街の名前を読むことができれば用が足りると考えていたからである。

「文々《ウエンウエン》、いちど省体育場の学校運動会を見に行こう！」

威《ウエイ》は得意気に話しかける。

「兄ちゃんは行ったことがあるの？」

「いいや、だけど先生の話によると、とっても面白いんだって！」

「面白いの？」

「うん。いくつもの中学校が集まって競争するんだ。」

「へえー。競争か。」

「それが、開会式が始まる前から、自然に競争が始まるんだって！」

「何を競争するの？」

「軍楽隊さ！いくつもの軍楽隊が集まって開会式が始まるのを待っている間、自然に〝吹き比べ〟や〝打ち比べ〟が始まるんだって！」

「へえー！」

「ある学校の楽隊が〝第一行進曲〟を吹奏すると、終わるとすぐ、争ってもう一つの学校が〝第二行進曲〟を続けて吹きはじめるんだってさ。同じ曲ではだめなんだってさ。次に続けてこれに対抗するためには〝第三行進曲〟か別の曲を吹かなければいけないんだって！」

「へえー。すごいなー。太鼓のほうはどんななの？」

「向こうがひと打ちすると、こちらが続いてひと打ちする。同じ打ち方では駄目。どんどん工夫した打ち方をするけど、最後には新しい打ち方で続くことができなくなってしまうんだってさ。」

「へえー、おもしろいんだね。兄ちゃんも中学校へ行きたいんだね。だから勉強するんだね。」

小文《シャオウェン》は特に電灯のソケットのスウィッチに興味があった。

パーとマー、それに婆も地主の畑の仕事にでていた日、小文は机の上にのぼってそのめずらしい電灯のスウィッチを何度もひねって遊んでいた。パッとついてパッと消える。ところがどうしたことだろう！そのうちスウィッチはぐらぐらになり、どうしても電灯がつかなくなってしまった。小文にはこれはとてつもない大変なこと、恐ろしいことのように思えた。取り返しのつかない悪いことをしてしまったのだ。

「パーに叱られる！」

小文は大声を上げて泣き出した。パーたちが帰ってくるまでに自分は家を出なければならない、と思い込んだ。

自分はもうこの家にはいられない。どうしたらいいのだろう…………

小文は家を見回した。これから親と会えなくなり自分が孤児になると思うと、もう大口をあけて大声で泣いた。涙も鼻水もいっしょに流れた。

泣きながら小文はこれからの自分をいろいろ考えた。いつだったかマーと一緒に街に行ったとき見かけた煙草や落花生や飴《あめ》売りの子供たちのこと。彼らは汚れた服を着て、木の盆に飴や落花生を並べ胸の前に下げて売っていた。新聞売りもたいていは子供だった。新聞の束を抱えて通りすがりの人々にすがりつくように新聞を売っている子供もいた。冷える夜、ホテルや食堂の入り口の外には身を寄せあって、すでに火は消えているがまだ暖かい鉄製の炉のそばで暖をとっている子供を見かけたこともあった。

そうだ、自分はあの女のところへ行かなければならないかもしれない……。

そのころよく見かける乞食に、両足ともほとんど動かない四十歳ぐらいの女の人がいた。長方形の木板の下に四つの小さな鉄の車がついたものの上に座って、懐の中には一歳ぐらいの赤児を抱いていた。前方に二本の縄をつけ二人の子供がひいていた。その後ろにもまだ幼い子供たちがついて歩いていた。彼らは街の大通りをぞろぞろ歩いて

「あまったスープや冷や飯はありませんか！」

と言いながら、商店をまわって助けを求めていた。

そのとき兄の威《ウエイ》が学校から帰ってきた。

「どうしたんだ！」

小文《シャオウエン》は泣きながらスウィッチを壊したこと、これから家を出ようと思うことなどを話した。

「ばかだなー、おまえは。」

威《ウエイ》はやさしく小文の肩を抱いて
「ぼくにいい考えがある。石炭を拾いに行こう！ぼくも前々からパーが中学校へ行くのを許してくれるように、石炭を拾って少しお金をパーにあげようと思っていたんだ。」


威《ウエイ》は小屋へ行って背負い篭とほうきを探し出してきた。小さな袋とざるも準備した。このころ石炭くずを集めるのはほとんど子供の仕事だった。

かって駅近くのトンネル付近の道は坂が急で長かった。子供たちは一本のほうきとざるを持ち、背に石炭を入れる小さい袋を担いで鉄道の石炭置き場の周辺や、いつも機関車が通る坂の上方で待つのである。鉄道は街の北城塞の外側を通っていた。そのむこうを小清河が流れている。小清河にはいつも細長い、前後二そうつながれた木帆船が行き来しているのがのぞまれた。東の方の農村からは穀類や農産物を運んできて、街からは綿や紗などの百貨、糞を乾燥させた肥料などを運んでいた。

当時の駅は北面には鐘楼があり、前の広場は鉄柵で区切られていた。汽車に乗る人は露天の前の広場で待った。改札の時になるとやっと人々は鐘楼にある小待合室を通り、切符にはさみを入れ構内に進むのだった。

駅の近くのトンネルをぬけると機関車はおおきな汽笛と共にたいへんな煙をだしあえぎあえぎ上ってくる。

「マーホ　だ！」

「マーホ　だ！」

待ちに待った機関車の到来に、子供たちは大声で叫びながら走り寄る。

マーホ(馬虎)とは虚勢を張って脅《おど》かす虎のようなものという悪口《あっこう》で、大きく汽笛を鳴らし灯光を連ねて走る列車に当時はこんなあだ名がつけられていた。

速度を落とし、坂の鉄路をゆっくり走る列車に、子供たちは大急ぎで走りより、落ちた石炭を掃き集める。それぞれ石炭の粉末で真っ黒な顔をしている。大きい子供の中には、長い竹竿を準備しておいて、走る石炭の山にあて少しでも多く落そうと工夫する者もいた。小さい子供は拾い残された石炭屑《くず》や石炭粉も丁寧に掃きとって袋にいれた。

このトンネル付近の坂道には車引きの手伝いをして駄賃をかせぐ子供たちも集まっていた。普段は肩に牽引用の縄をかけて坂の下で待っている。おお汗をかきながら重い荷を積んだ車や大荷車が来ると、大急ぎで走りより縄についている鈎を登りの車にかけ一緒に引くのである。坂の上まで来ると、一息つく車のぬしからわずかの礼金をもらう。引き終わるとまたすぐ坂に下に戻り次の車を待つのである。

日暮れ近くまで待って、機関車は二度通っただけだった。腹のすいた二人は拾った石炭を売るために小店街に入った。日が落ちると寒くなってきた。

夕餉《ゆうげ》前の小街は　売る人、買う人、行き交う人々であふれていた。多くは付近の住人である。小街には小さな店舗が並び、ここかしこ、その前に屋台が並んでいた。まんとう店、鍋餅《グオビン》店、醬菜《ジャンツアイ》店、焼餅《シャオビン》店、煎餅《ジエンビン》店、小飯店や酒、たばこ、雑貨店や茶館などである。まんとう店の主人は

「熱々の大まんとうだよー！」

と大声で叫びながら、蒸しあがったばかり、湯気を立てている白いふっくらしたまんとうを店頭に並べていた。

鍋餅店では厚手のものと薄手のものが売られていた。客が見守る中、その場で焼き上げその場で売っている。厚手のものはかなり厚く、外は焦げていて中は柔らかい。薄いものはさくさくして香ばしい。

煎餅には、割煎餅《ゴージエンビン》と胎煎餅《タイジエンビン》がある。割煎餅はごく薄く、幾枚も重ねてほうばると、さくさくした香ばしさが一度に口中にひろがる。胎煎餅はしめってやわらかい。ともにその場で買い、その場で食べる。

煎餅屋台の前を通る人は匂いにつられてたいていそこで立ち止まる。だから焼きあがったと思うと、もうすぐ買い手があらわれた。

腹のへった二人は、香ばしい匂いにつられて立ちすくみ、いつまでも離れることができなかった。煎餅を焼くおおきな鉄板は、五歳の文《ウエン》のちょうど目の高さだった。

「やい！カマド顔！　ぼうず、腹がへっているな！」

鉄板の前で焼き手の一挙一動を、息をつめるようにして見つめている小文に、店主から声がかかった。

ごそごそと威《ウエイ》が小袋をとりだして中の石炭の粉を見せると、店主は割れた幾枚かの煎餅をくれた。

「にいちゃん、おいしいね！」

小文はやっとありつけた煎餅をほうばる。熱く甘い香ばしさが口中いっぱいに広がる。

「カマド顔」とは茶館を商売にしている人という意味である。目だけ光らせすすで真っ黒になった小文の顔を見て「カマド顔」と呼びかけたのだ。

茶館なら石炭を買ってくれるかも知れない。

元気づいた二人は、さっき拾った背負い篭の中の石炭を売るため、街はずれの茶館へ行くことにした。

茶館とは、茶を飲ませるところではなく、ただ湯や水を売るだけの小さな一間だけの小屋のような店のことである。

二人がのぞくと、中には長い炉があって、炉の上には幾か所も火口がありそこで湯を沸かしている。中には熱い蒸気がたちこめ、カマドの煙と石炭の燃える赤い炎以外にははっきりとは見えない。ちょうど夕餉《ゆうげ》どきとあって、幾つもの湯壺を抱えた人が出たり入ったりしている。出てくる人は一様に煙にむせ、熱気にあふられ、顔をしかめて咳込んだ。出口には、幼児を抱いた女が座っていて一壺につきいくらかの金を受け取っていた。中では男が時々炉に石炭をくべている。

「おじさん！石炭を買っておくれ！」

威《ウエイ》は思い切って大声で呼びかける。出てきた男は、重い眼病を患《わずら》っているかのように充血した目をしていた。長い時間煙にいぶされ、すすだらけの顔に灰のかかった白く見える眉で篭の中をのぞき込むと、湯一壺に相当する銭をくれた。

こうした茶館では人々は冷水も買いに来る。冷水は担いできた両方の桶で計算する。一担ぎの水がいくらというのである。水を届ける場合は水がめいっぱいに満たす料金である。茶館は料金が安いうえ夏には炉の熱できわめて暑く、冬には煙を出す窓を開けるため非常に寒いという厳しい商売であった。

初めて銭を手にした二人は、急いで帰ることにした。

街のはずれの土塁の近くまで来ると、ゴットン、ゴットンと大きな音を立てている店があった。

「いったい何だろう?」

裏に回ってのぞいてみると、目隠しされたロバがぐるぐる回りながら石臼を挽いていた。見ているとロバの歩みがだんだん遅くなりふっと止まってしまう。すると後ろにいる子供がピシッと鞭《むち》をあてる。

「ギイーッ…………」

ロバの鳴き声はびっくりするほど大きかった。二人はしばらく見とれていたが、大きな音を立てているのは、その横で粉をふるっている足踏みふるいであることに気がついた。足踏み式篩《ふるい》は、縦木と横木が連なった竿《さお》でふるいを揺らし、大きな木箱の中に穀物の粉をおとすのである。後ろの壁によりかかった男が両足を交互に動かしていた。横木の両端を踏むとたて竿がゆれ、それに連動した横木がゆれ、ふるいはゆらゆら揺れて粉をふるうのである。

このころ、小麦粉工場の袋に入った小麦粉は「洋麵《ヤンメン》」とよんだ。一度に一袋買わねばならないので一回の支払いもおおく、その上単価も高いので洋麵を食べるものは少なかった。大部分の人は粉ひき場のふるいでつくる粗粉を買った。値段が安く小銭でよかった。長期間小麦粉を食べる家は多くはなく、大部分はすこしずつ買って粗雑穀を食べた。

日はもうとっぷり暮れていた。街の土塁《どるい》を抜け、疲れ切った二人は空になった篭《かご》を担ぎ、ほうきを持ってとぼとぼと帰る。

やはり文の家にだけ電灯がついていなかった。門口を入ると庭でマーが食事の準備をしていた。パーも、婆も庭にいた。赤い石油ランプだけが庭をてらしていた。

「アイヤー！ 威《ウエイ》、文《ウエン》、二人ともいったいどうしたというんだい？」

小文は思わずマーにかけより抱きついてワーッと泣いた。

「無事でよかった、よかった。電気の故障より大事な息子をなくす方が、どんなに恐ろしいことか。」

マーは文を抱きしめた。威《ウエイ》はほうきを持ったまま、門口に立ってうつむいていた。

パーは二人の様子を見て、何もいわなかった。ただ婆だけが

「なんだい二人とも、真っ黒な顔をして……」

といいながら、纏足《てんそく》の小さい足でたらいを持ち出し、湯を汲んで来て、まずは威《ウエイ》の顔を拭き、大泣きしている文《ウエン》の顔を拭き、足を洗ってくれた。

＊

このことがあってから、パーは洋車《ヤンチョ》（人力車）引きの仕事をすることになった。威《ウエイ》を中学校へ行かせるためには、賃稼ぎの仕事をする必要があったからである。

街で洋車を引くには、政府が統一してつくった藍色の、背に白い番号のついた肩掛け布を買わねばならなかった。パーは洋車も借りてきた。引手には手で鳴らすラッパがついており、赤と緑のドンスの内張りがとてもきれいだった。足をのせる台には二つの鈴がついている。これは客が踏んで鳴らすものだ。中古だったがパーは庭に引き入れて丁寧にみがいた。

小文《シャオウエン》がものめずらしそうにのぞき込んでいると、

「明日は、初商売だ！文々《ウエンウエン》、客を待つところまでお前を乗せていってやろう。」

翌朝早くパーは小文を乗せて家を出た。東門を抜け、馬路《マーロ》(大通り)を走る。パーの走りは軽やかだった。背の藍色の布ははたはた揺れ、白い大文字の番号がくっきり鮮やかだった。パーは綿のズボンをはき、もう一本のズボンの外着を腰につるしていた。これは走るときには熱を発散し、寒いときには外着のズボンをはくためである。

ときどき出会うのは、農村から荷を朝市へ運びいれる小さい引き車や、木の手押し一輪車だった。街から運び出す糞尿の一輪車もあった。みな木輪車だった。

そのころは大街といってもせまく、高低ふぞろいの石だたみの舗装で、注意しなければ車が傾き酒も糞もまき散らしてしまう。

少数だが馬車は通るが、バスは長い時間がたってからやっと一台通るのを見かける。

パーは馬路を通り抜け、商店街にはいった。パーは客待ちの場所を「大観園」に決めたようだ。そこは飲食、買い物、娯楽が一体となった総合市場で、京劇、相声(漫才)、雑技曲芸など各行各業があつまるこの街の最大の市場だった。左は商店街、右には胡同《フートン》があり〝大観〟〝国泰〟という映画館もあった。

商店には服飾、靴、帽子、布、緞子《ドンズ》、眼鏡、理髪、工芸百貨から酒、たばこ、糖、茶、ケーキ、果物などの店舗があり、小さな屋台も並んでいた。

飲食には包子の店、水餃子、炒菜などの扁食楼、イスラム馬家《マー》の羊肉館、飯菜館などおおくの飯舗があった。

老舗の中央にはだいたい大きなカウンターがあり、老店主や支配人が座っていた。黒い中国式の長着を着て、頭頂に赤い球状の飾りのついた帽子をかぶり、あるものは白いひげをはやし、あるものは老眼鏡をかけていた。

道行く人々は男も女も、ほとんど中国風の長掛着を着て男は礼帽をかぶってった。パーが客を待っている間、小文は市場の中をのぞき歩く。

西にある漢方薬店の前には人垣ができていた。中で薬売りが大声で口上をかたり、気功唐手で板木に釘を打つ。驚く人々に無傷の体を見せ、体を壮健にするという大丸薬を売るのである。東南角にももう一軒の漢方薬店あり、二つの鉄の輪投げの芸が披露されていた。まず二つのつながった鉄の輪を体につけて現れるや、不思議な手つきでそれをはずすと、

「ファ、ラ、ラ、……」

と声をあげながら、腿の上や、尻の上で輪をゆらし、あるいは上へ放り上げてまわし続ける。下へ落としたりはしなかった。

「文々《ウエンウエン》！　いくぞ！」

パーの声がかかる。パーに客がついたのだ。

客は濃紺の長着を着た母親らしき女と、女の子だった。女学校の制服をきていた。

「威《ウエイ》兄ちゃんぐらいの大きさだなあ。」

と、小文《ショウウエン》は思う。うすい藍色の中国式ボタンの上着で、膝下たけの黒いスカートに白い靴下をはいていた。病身なのか母親が抱きかかえるようにして車に乗せる。両肩にたらした三つ編みのお下げ髪が少女をいっそう弱々しく見せた。母親は
「泉城路の病院まで」

と行先をつげる。パーはひざ掛けの布を少女に掛けると、ゆっくりと歩きはじめ、それから走る。小文はそのうしろから走る。このころは洋車の後ろを走る少年をよく見かけた。これは父親の仕事をつぐために車の後ろについて走り、道筋を覚えるためであった。

病院は土塁の城壁ぞいの道路わきにあった。土塁の向こうにはちょっと外国風の大きな建

物があり、ここが日本軍の駐屯地であった。東方には街が続いていた。パーは母子を降ろした後、次の客をここで待つことにした。この土塁《どるい》の上に、ときおり幾人かの退屈そうな若い日本兵がいて子供が通ると街の方へ飴を投げ、子供が嬉しそうに拾うのを見て楽しんでいた。

待っている間小文が道路に出てみると、土塁を見あげて何かを待っている子供たちがいた。兵士の姿がみえると

「ゲイ　ウオ（給我）！　ゲイ　ウオ！」

と叫ぶ。二つ　三つの飴はおおくの子供たちには行き渡らなかった。

「文々《ウエンウエン》、行くぞ！」

またパーの声だ。病院から帰る客がついたのだった。

今度のパーの客は西洋服を着た学者風の人だった。前後の襟《えり》が高くネクタイを締め、髪を七・三に分けていた。上着のポケットには懐中時計を入れ金のくさりで上着の中ほどのボタン穴に止めてある。〝文明人のステッキ〟を腕にかけとても立派にみえた。人力車にのるや右手に持った中折れ帽子をちょっとかぶった。

「誰だろう？　すごいなー。」

この頃、公務員や上流の人は中山服を着て礼帽をかむっている人が多かった。西洋の背広を着て腕時計をつけたり、懐中時計をつけると文明人らしく見えた。

ある日客を乗せるパーの人力車の後について走っていたとき、小文は賑《にぎ》やかな嫁迎えの楽隊の行列に出あった。鼓樂がたいそう賑やかで小文は思わず立ち止まって、行列が近づいてくるのを待った。行列の先頭を行くのは、焼餅ぐらいの大きさの大銅鑼《どら》を下げた子供たちで、もう一方の手に手槌を持ち「ポワン、ポワン、……」とたたいていた。銅鑼はたいそう重いので小さい子の方は重さで体が曲がってしまう。大銅鑼《どら》も地面すれすれだった。その後ろに二列になって下の方を黒く染めた紅《あか》く長い幡《はた》が続く。幡の後ろには大人の笛がつづく。遠くから見ると、鼓樂がたいそう賑やかで華やかだったが、紅い幡の下にいるのは文《ウエン》とはそう違わない子供たちだった。ひどく破れたぶかぶかの大人の長掛子を着ていたり、破れて指がでている大靴を履いてついていく。年の小さい子供はついていくことができず、走らなければならない。鼓楽の音につられ小文《シャオウエン》も子供たちに混じって小走りについていった。

婚姻、葬送、嫁を迎えたり死者を送る行列では、旗や幡を持つ仕事があった。これらは学校に行かないで生計を助けなければならない少年や子供たちがうけもった。子供を使うと出費がすくなくてすむので、幡もちは子供の仕事とされていた。

「あっ！　花嫁だ！」

幡の次には花嫁が乗る造花で飾り立てた花輿《はなこし》がつづき、その後ろは親族の乗る馬車がつづく。婚家の大門につくと、大勢の人が花嫁と花輿を見ようと集まっていた。

笛や打楽器の音がいっそう賑やかになり花嫁が輿《こし》から降りるや、準備してあった美しい五色の小片の花紙がまかれる。花紙はきらきらと舞い上がり婚紗をかぶる花嫁に降りそそぐ。あつまった人々は花嫁をよく見ようとさらに身をのりだし、鼓笛の音はいっそう大きくなった。

文がはっと気がついたとき、パーの人力車はどこにもいなかった。いつの間にか行列にまぎれ人波にもまれ、そのことを忘れていたのだった。

「いったいここはどこだろう。」

賑やかな婚礼祝いの大門から大急ぎで離れたが、もう小文は自分がどこにいるのかも分からなくなっていた。

「パーをどうやって探したらいいのだろう。」

人垣をくぐり抜け、半泣きになりながらあちこち探しまわった。そのとき小文は見覚えのある太く大きい「老槐《えんじゅ》」の樹に気がついた。樹はひときわ高く、家々の屋根の上方につき出てみえた。樹齢ふるく、幹のまわりもたいそう傷んでいて、長い年月を経てもう枯れているように見えたが、高い樹の上方にはまだ数本の緑の枝が出ていた。樹の幹の中ほどには新しい布、古い布、五、六枚の赤い布が掛けられており「有求必応」と書かれていた。樹の下には一脚の長い石の机があり、上には香炉が置いてあって誰かがお祈りしていた。

「あっ！　このあたりは一度来たことがある。近くに威《ウエイ》兄ちゃんの学校があった」

この老槐《えんじゅ》のそばをパーと通ったとき、樹の向こうに見えるこれも大そう古い建物が威《ウエイ》の通っている小学校だと教えてもらったことを思い出したのだ。

近づいてみると学校の門は開いていて難なく通ることができた。三方の建物からは授業中なのか生徒たちの朗読する声が聞こえてくる。小文《シャオウエン》は外の窓から中の様子をのぞいて歩いた。文《ウエン》くらいの小さい子供たちの教室、もう少し大きい子供たちの教室、どの教室も四十人以上の子供たちで、威《ウエイ》を見つけることは困難だった。

小文は思い切って大きな子供たちのいる教室に入った。教室に子供が入ってきたことを誰一人気づかなかった。どうしたらいいのだろう！必死だった文は教壇に上って大きな声で
「ぼくの兄ちゃんはいませんか？」

と叫んだ。先生と生徒たちは皆びっくりした。皆は教室に小さい子供がいることに気づくと、どっと笑った。このとき一人が立ち上がり席を離れた。それが威《ウエイ》だと知ったとき小文《シャオウエン》はうれしさに思わず駆けよって抱きついた。

威《ウエイ》は顔を赤くしていた。威《ウエイ》はひとことも話さないで、先生に一礼をすると文《ウエン》を背負って家に帰った。小文《シャオウエン》のいないことに気づいたパーもあちこち探しまわったあげく家に帰ってきていた。小文が迷子になったことを知って家中大騒ぎをしているところだった。文《ウエン》が兄の学校へ行ったことを知って、婆はあきれながらも、

「文々《ウエンウエン》はどんなことがあってもやっていける子やなあ。」

といって小文の頭をなでるのだった。

次の年の春節が終わった頃、とうとう兄の威《ウエイ》が街の中学校に入る日がやって来た。中学校

は全寮制なので、長期休暇の時しか家へ帰ることはできない。マーもパーも朝からそわそわと威《ウエイ》に持たせる荷物の準備をした。ひもじい思いをしないようマーは前日から威《ウエイ》に持たせる焼餅をやいて準備をしていた。

その日は風が吹いていて凍えるような寒い日だった。小文《シャオウエン》もパーと一緒に威《ウエイ》をバスの停留所まで送って行った。小文《シャオウエン》は兄の荷物に興味しんしんだった。威《ウエイ》の荷物は小さく必要な日用品だけだった。衣服一着、どんぶり一つ、それに小さくまるめた細い布団などの生活用品と勉強用のノートや万年筆だった。その新しい万年筆は親類にもらったもので、とても貴重なものだった。パーは嬉しそうにして威《ウエイ》に何かをしきりに言いつけていた。村を通って街へ行くバスは一日一台だけ。親子三人は寒い風の中に立ってバスを待ったがバスはなかなか来なかった。

しばらくしてバスがようやく走ってきた。この頃のバスは石油がすぐになくなるため車の後ろに木炭炉が置いてあるバスだった。バスに乗った威《ウエイ》は急にまた下りてきて、かばんの中から新しいノートをだして小文に渡した。小文はびっくりした。威《ウエイ》は発車したバスの中から手を振って、しきりに何か言っているようだった。見送った後、帰る途中小文《シャオウエン》はパーの目の中に涙があることに気がついた。小文はしっかりノートを抱きかかえていた。

パーはさらに熱心に人力車引きの仕事に励んだ。ある日小文《シャオウエン》がパーの洋車《ヤンチョ》に乗せてもらっているとき、街の郊外にある〝省体育場〟にむかう中学生の隊列に出あった。連合の〝学校運動会〟があるのだ。先頭に校旗をかかげ、軍楽隊の学生がつづく。その後ろに各クラスの学生がつづいて行く。軍楽隊員は皆青一色、学生藍の上衣を着て白い制服のズボンに厚いゴム底の長い黒革靴をはいている。手には雪のように白い手袋をはめ、太鼓やトランペット、銅鑼《どら》には紅緑の絹の房飾りがついていた。小文《シャオウエン》にはそれらは目もあでやかに光り輝くように見えた。整列して吹奏し、太鼓を打ち鳴らしながら大通りをさっそうと行進している。

この街の学校では〝軍楽隊〟が盛んであった。隊員は学生によって組織され〝正音〟〝配音〟〝咬音〟というのが正規の配備であった。管楽器は軍隊用のラッパだった。

「威《ウエイ》兄ちゃんはどこにいるのだろう?」

小文《シャオウエン》は、これも車をとめて首を長くして一心に威《ウエイ》の姿をさがしているパーと一緒に人力車の上から伸び上って行進を見るのだった。

「威《ウエイ》兄ちゃんだ！」

確かに威《ウエイ》だった。鼓笛隊に続く学生の一年生の先頭にいた。

「にいちゃーん！」

小文《シャオウエン》は思わず大声で叫んだが、鼓笛の大音響にかき消されて威《ウエイ》までは届かなかった。

威《ウエイ》はまっすぐ前方だけを見つめ、一年生の隊列の先頭を歩いていた。

威《ウエイ》からの手紙　一

お父さん、お母さん、それに文へ
みな元気ですか。学校生活には大分なれました。この間学校運動会があった時、行進の見物の中にパーと文がいましたね。気がついていたけれど、僕はクラスの級長なのでよそ見をすることが出来ませんでした。
級長の仕事は授業のはじめと終わりの挨拶のとき号令をかけることです。日本語の授業のときは、日本語で号令をかけなければなりません。学校長は日本人で、毎週各クラスを回って日本語の授業をします。「刻力子（キリツ）」「開来衣（ケイレイ）」「拿敖来（ナオレ）」「酒苦賽西（チャクセキ）」と号令をかけるのです。それから「阿（ア）、衣（イ）、屋（ウ）、唉（エ）、敖（オ）」から勉強を始めます。質問にうまく答えた時には校長は笑いながら「要労西（ヨロシイ）」とか「台以很要労西（タイヘンヨロシイ）」と言うのです。

先週はまた飛行場まで政府の要人を歓迎しに行きました。これも学生の大事な任務の一つなのです。西郊外にある張庄飛行場はたいへん遠いので、朝早く出発しても到着すると昼近くになります。整列するように言われている場所を探すともう正午でした。地面に座って弁当を食べ終わる頃、やっと飛行機が到着しました。旗を振り、歓声をあげて歓迎するともう午後でした。疲れ切って学校の寮へ戻った時には、もう真っ暗になっていました。今回は運が良かった方で、運が悪い時には午後まで待って、最後にやっと「今日は来ない」という通知が来ることもしばしばなのだそうです。

ところで今、街でコレラが流行していることを知っていますか？僕たちはみな学校で予防注射をうけました。とても痛く、友人の中には熱を出した人もいます。お父さんは街を広く走る仕事だから用心してください。

おやすみなさい。

寮にて
威より

パーはしばらく人力車の仕事を休んで、地主の土地の農作業に励むことにした。街の一角から始まったコレラがあちこちに広がり始めたからである。しかし、どうしたことだろう。小文《シャオウエン》が激しく腹痛を訴え、あの水様性の下痢が始まったのである。下痢が激しいときにはともかく充分な水分を補給しなければならない。マーは大急ぎで湯を準備して飲ませようとするのだが、今度は激しい嘔吐となる。小文の小さい体は徐々に水分を失って、あのふっくらした顔は眼窩《がんか》がくぼみ、こけた頬は土色になっている。もう泣く力もなく、ぐったりして体をえびのように曲げときどき体に痙攣《けいれん》がはしる。

「大変だ！王先生を呼んできて！」

パーはすぐ近くの王先生を呼びに走る。

「コレラだ！もう助からない！」

コレラは大変おそろしい伝染病で、激しい腹痛と嘔吐、それに一日に何リットルもの水様の下痢でたちまちに衰弱死してしまう。非常に伝染力が強く、患者の大便や吐物がおもな感染源であったが、生活用水を湧水や川の水に頼っていたこの頃はコレラはたちまちに大流行となってしまった。

小文《シャオウエン》のちいさな体はますます小さくなり三日ももたなかった。

「なんでパーの人力車について街へ行ったりしたのだろう！」

「文々《ウエンウエン》！　文々《ウエンウエン》！　行かないで！」

マーは泣きながら、文《ウエン》の顔と手を洗い、髪をとかし一番上等の上衣を着せ、抱き上げて居間の正面にねかせた。枕元には、小さな皿に灯明をともし漿水（水でといた小麦粉）を供えた。

次の日、村はずれにある爺々《イエイエ》の墓の隣に埋葬する。パーは文の右手に麻縄の〝犬追い鞭《むち》〟を持たせ、マーは左手に文が西方に旅立つための糧食の〝餅《ビン》〟をもたせた。すこしずつ土をかけながら婆もマーも親類の人々も号泣するのだった。最後に墓の前で路銀用の紙銭を焼いた。

文の村は封鎖され日本の官兵の消毒隊がやって来た。厠《かわや》や下水から道路までいたるところ消毒剤が撒《ま》かれた。村の入り口に入るや、もうクレゾールの匂いがした。

日本の官兵はやっきになって流行のひどいところを封鎖して消毒したり、予防注射をしてまわっていた。また街に入る主な道路や各城門の入り口には予防注射所を設置して、誰でもここを通る人に注射をした。その予防注射は反応がとてもきつく幾日も腕が痛んだり、めまいや悪寒《おかん》がして非常にくるしかった。パーも一度この予防注射にひっかかり、二度受けなければ効果がないといわれたという。だから予防注射があるらしいと伝わると、大人も子供も外出しないで家の中だけで過ごし食べ物がなくてもなんとか工面して過ごした。

一方、日本の戦況の不振も伝えられていた。ドイツはすでに連合軍に降伏していた。

## 威《ウエイ》からの手紙　二

お父さん、お母さん、それにみんなお元気ですか。

村にコレラが発生し、帰ることが出来なくなって、休みに入ってからもずっと寮にいました。文《ウエン》の葬式にも出られなくて本当に悲しかったです。

文《ウエン》は大きくなったら何になりたかったのだろう。きっと学校へ行きたかったのだろう。僕は小文《シャオウエン》のことを考えると悲しくてなりません。

日本が無条件降伏をしたことをご存じですか。今日、全校集会がありそのことを告げられました。八年間の日本の統治は、全て終わったのです。皆で「勝った！勝った！」と喜びあいました。そのあと、銅鑼《どら》や鼓《つづみ》を鳴らして街頭にくりだしました。民国の旗をかかげた勝利を祝う自動車も走ります。幾人かの小文くらいの子供たちも歓喜の声を上げながら走っていました。

街に住む民間の日本人たちは帰国の準備を始めているそうです。多くの人は日本へ帰りたがらないそうです。でも街に住む一般人は名残《なごり》を惜しみながらも、彼らが残ることを望まないし、引き留めようともしないそうです。

まだこれからどうなるか分からないけれど、全てが大きく変わりそうですね。

今度の休暇には帰る予定です。

寮にて
威より

参考図書　那箇年代　――回憶旧済南――　孟慶築　著　黄河出版社・1996・済南

# 潮（しお）鳴り

寝ろやい寝ろやい寝ろやいな
ねんねろ小島のかんかち《可愛いい》おとど
この子がいかく《おおきく》なったなら
江戸へやるべえやるべえな

伊豆諸島　御蔵島

江戸じゃちらちら縮緬育ち
田舎じゃ菜種の花盛り
この子可愛にゃきりがない
山では木の数萱の数
七里が小浜の砂の数

御蔵島子守歌

宗太が子守歌のようにも聞こえる潮鳴りの音に耳を傾けている時には、たいてい大家《おおえ》にいるアネイのことを考えていた。

アニイのところにアネイが嫁に来てから、お母は宗太をつれて北表の隠居屋《にんきょ》に移った。長男に嫁が来ると、親はオオエを中心とする家財一式を長男夫婦にゆずり末婚の子供をつれてニンキョに移る。オオエのことは全て若夫婦にまかされるのである。それはこの島の風であった。囲炉裏《ユルリ》の間一つきりの板囲いのニンキョは、西風がきつくあたって潮鳴りの音がさらに大きく聞こえて来る。

ここ御蔵島は江戸から南西へ二〇〇キロ、三宅島からもほぼ十八キロの沖合にある。島の周囲は黒瀬川ともいわれる逆巻く黒潮の高波に打ち削られ、高さ百〜四百メートル余りの高い断崖がめぐっている。

村は島の北西の断崖にすぐ迫る急な山の腹にあった。

海は早く白むので、島の夜明けは早かった。朝は水桶を頭にささげて、ひたひたと坂を登って行くアネイの足音で宗太は目覚めた。オオエの水がめをいっぱいに満たし、さらにお母のためにニンキョの水を汲むのである。それは嫁や娘たちの欠かすことの出来ない朝の勤めであった。村後ろには、急な斜面を木杭で土留めをした幾つかの段畑が続き、その上に遠く大山わけ平にある清水の泉から竹樋で引いてくる村の清水場《しょうず》があった。

「お早うのうし」

あちこちで女たちの朝の挨拶が聞こえ始める。宗太は耳を澄ましてアネイの足音が近づくのを待った。その足音がひたと門口に止まるのを待って、宗太は一気に門の戸を開けた。

アネイが頭上にささげる水桶のむこうに、しらじらと明ける朝の海の光芒があった。

「宗太、お早う」

靄がかった朝の冷気とともに、アネイは膝をかがめて門口をくぐると、いつものように流し場の水棚に桶を乗せてから、水がめにザーッと汲んで来た水をあける。宗太は門口に立ったまま、その冷たい清水の音を聞いた。

宗太はアネイの使っている水桶をささげる輪《ワッパ》が自分が苦心して作ったものであることを確かめていた。

この島では水桶をささげる輪を女に贈るのが、女への意を告げるしるしなのであった。ワッパは藁を叩いて輪にし、乾燥させた萱の葉を丁寧に巻いて作る。それに江戸から仕入れたという赤い紐もつけた。その輪を宗太は昨日の朝、

「使ってけれ」

とアネイに渡した。

「なして、こげんなもの、このオレに？オレにゃぁアニイに貰うたものがあるじゃけに」

アネイは怪訝そうに眼を見開いて宗太を見る。宗太にはアネイがものを問うときにじっと見る大きな眼に遠い記憶があるように思えた。そのいっぱいに見開いた大きな眼にあうと、宗太は胸がはずむのだった。

宗太は思わず口ごもるのだったが、ことさら無邪気げによそおいながら、

「オラァいつも負われていたから知っとるんじゃ。アネイの頭は後ろが高いけん、ほら、輪の前が高くなっとる。普通より大きくもしたんじゃ。桶の落ち着きがええように」

宗太は輪を手に取って使いやすいように種々工夫してあるのだと力説する。

「ほんに、ほんに」

と笑いながら、アネイはこの子供らしい宗太の工夫を面白がって聞いていた。案の定、宗太が意を込めてつくった輪を早速使っているのである。

宗太は門口に立ったまま朝明けの海を見るふりをしながら、そのことを確かめていたのだった。それはまた宗太の一つの秘密となったのである。

土用に入ってから、宗太はアニイとウナギ、カサゴのもぐり釣りに出ていた。空に突き出たように見える高い断崖を宗太とアニイは海まで下りる。磯には鋭い切っ先を持つ黒い岩々が海に並び逆巻く高い白波がしぶきを上げて岩に砕ける。その底は一〇〇〇メートルにも及ぶ深さだ。

土用の空は抜けるように青く眩しかったが、海を暗くして流れる黒潮の海はいっさいの光を飲み込んだようにぬめぬめ黒くどよめいていた。

アネイが来てからさらにひとまわり大きくなったように見えるアニイは、岩々の間に見え隠れしながら、釣りの足場をさがして歩く。釣りのミナワを肩にしたアニイの厚い背や肩は、赤銅色に陽を照りかえしていかにもこの荒波と巌の海にふさわしい。宗太はじりじりと焼きつける熱い岩を足に痛く感じながら少し遅れてついて行くのだった。

アネイは宗太が三つになるまで、子守を頼んでいた村の女子《おなご》だった。島の女の子はたいてい六才になると子守りに出る。守《も》りは必ず手ぬぐいをかぶり、直接肌に子を背負って、その上からはんてんをかけ、それを前掛けの紐で縛り付ける。宗太はそんな赤子の頃のことは少しも覚えてはいなかったが、ふっくら豊かなおなごになってアニイの嫁になったアネイを見ると、かってはその肌にじかに負われていたことを思わないわけには行かなかった。そのことは宗太だけの秘めごとのように思えたのだ。

お母の話によると、宗太は生れた時から頭ばかりがやけに大きく、カンのムシが強くて、この幼い守りのアネイをさんざ困らせたのだ。カンのムシは百日泣きつくさないとなおらないのだという。負うた子を背からおろす甲斐性もない幼い守りはこの泣きわめく子のために、ただ繰り返し子守り歌を歌ったのに違いなかった。

寝ろやい寝ろやい寝ろやいな
ねんねろ小島のかんかちおとど
この子がいかくなったなら
江戸へやるべえやるべえな
…………………………
…………………………
…………………………

アネイはまだ幼げな小さな体に、あたまの大きな赤ん坊をずり落ちそうにおぶって、よく通るあの細い声で、自分も半泣きになりながら繰り返し歌ってくれたのに違いなかった。その歌声や、直接肌に負われたぬくもりを宗太は何度か思い出してみようとした。そんなときの宗太は遠く沖へ引いて行く潮の遠鳴りにぼんやり耳を傾けているように見えるのだった。

　宗太がやっと三つになって、アネイが守りをやめる時、これから一人で遊ぶようになっても、道に迷ったり魔物に襲われたりしないよう、マジナイにつける鍋墨をアネイが宗太の出張った前の額につけてくれたのだという。この別れの日のアネイの姿だけが、遠い記憶のもやの中にほんの少しだけ宗太にあった。

「宗太、こうしてヤッコをつけりゃ、山に迷っても氏神様がすぐに見つけて、守っておくれなさるんじゃ」

　そういいながら、人さし指に墨をつけて、ぎゅっと口をすぼめた大真面目な眼が、宗太の顔の正面にぐっと近づいて来た記憶だった。

　宗太にはあの鬱蒼とした山に迷ったことがあったのかどうか、確かな記憶はなかったが、海から上がった恐ろしい神が真夜中に島をめぐると言って、島中恐れるあの忌《き》の日《ひ》の明神《みょうじん》の夜の恐怖を思った。

　その日、一月二十日の忌の日の夜、冷たい西風とともに海から「忌の日の明神」がアカガワの崖を島に上がって来るというのだ。赤い頭巾を被っているのだという。夜の丑三つ時になるとその得体のしれぬ恐ろしい神が、家の中の様子を窺がいながら村の家々を回るのだという。だから雨戸をわずかに開けておかなければならない。深い闇の向こうから突然起こる大きな音。忌の日の明神はここぞと思う家の戸を、履いている鉄の下駄で蹴飛ばすのだという。雨戸の奥のあの夜のしじまの暗闇のような不安と恐怖の記憶が宗太にはあった。

大きな音の恐怖に幼い宗太がとりつかれた時には、いつも守《も》りを慕って泣いたのだった。それらは遠く海に引いて行く潮鳴りの音を聞くような、不安と悲しさのかすかに残る記憶だった。

十三になった今も、宗太はやせて頭が大きいことにかわりはなかった。やせた肩とうなじのせいで、頭は一層重そうに見えた。宗太が自分一人の考えにふと落ち込んでいる時など、ぶらりと下げた細い腕はいかにも力なくもの憂げに見えた。

「宗太、おめえももうすぐ十五じゃで。乗《の》り初《ぞ》め祝いをすませりゃ、村の江戸回りの船の乗《の》り子《こ》づとめもせにゃならんというに、もうちっとしっかりせい」

お母にそう言われるまでもなく、力がどこか抜けているような自分の手足を宗太は気にしていたのだった。

アニイはもぐり釣りの足場を決めると、釣りの準備にとりかかった。ウナギやカサゴは海の高波と早い潮の流れを避けて、海底深く岩礁の陰にかくれ棲んでいた。この臆病な魚達を釣り上げるためには、十ヒロ余りも海にもぐって魚の棲む岩礁の陰に餌をつけた針を仕掛けなければならない。一ヒロ余りの銅の針にはおもりと藤のミナワがつけてあった。ミナワの端を岩角に結ぶと、ザブーン、と海に突っ込んで目指す岩礁まで真っすぐにもぐる。眩しい土用の陽光とぬめぬめどよめく海の広がり、その深く暗い海の潮騒ぎの中へ、岩を蹴って突っ込む瞬間、海はいっさいの音を失い、月夜のように冷たく透明な別世界に変わる。深くもぐるほどに海は豊かに藻をはぐくみ、さらに静かに暗く冷えて、そのわずかな海明かりの中に様々の海の生きものたちの姿が見えかくれする。

陸で黄楊《つげ》材担ぎをするときには、見るからに頼りなげなうすい宗太の肩も、海の中では力に満ちた。海は重い頭を力強くささえて、宗太はしっかり首を伸ばし、力に満ちた四肢を躍らせて、ここぞと思う岩礁の深い藻の陰に針を下げると、一気に水を蹴って浮上し、「ヒユーッ」と胸の奥の息を吐くのだった。

このわずかな夏場だけのもぐり釣りは、宗太にとって唯一の得意な仕事であった。アニイはよく宗太の頭をひやかして

「海にもぐるにはよかろうが。重石《おもし》を頭につけているようなもんじゃ」

とからかうのだった。宗太の急所をつつくようなそれはひどく嫌な言葉だったが、宗太はわざと邪心なげに笑いながら、

「エイヤーッ！」

と重石を頭にのっけている剽軽《ひょうきん》な身振りをしてアニイを笑わせるのだった。

またある時には

「ナンデエー、こりゃ、手ぬぐいの巻き方のせいじゃで。ほらこんな風に巻いて、大きく見せると、岩礁の魚どもが驚くんじゃ」

「へえー、魚を脅かすためか」

宗太の子供っぽい理屈をきくと、アニイもわざと驚いて見せて愉快げに笑うのだった。

宗太はいつもお母に

「末子《ばっし》はわらびしゅうて」

といわれながら育った。重い出張ったおでこの下に、じっと光る目を見開いて、宗太は大人たちの思い違いを読み取っていたのだったが、その言葉は、故意に子供っぽく振る舞わねばならぬように、宗太をしむけたのであった。

宗太とアニイは十余りも年が離れている。アニイのすぐ下に、もう一人男の子が生まれたのだったが、この年離れずに生まれた子は、

「お返し申す」

といって、うぶ声があがるすぐ前に巧者婆《こうしゃば》の手によって、赤子の口に濡れた紙があてられたのだった。これもこの島の風であった。

この小さな土地の限られた島では、生まれる子の皆は育てられなかった。生まれてすぐに死んだ子はカツオドリになって南方の海の果てまで飛んで行き、いい時期になったらまた戻ってくるのだとお母はいう。お母はその子をいとしんで、ずっと後になって生まれた弱々しい、頭の大きな赤ん坊に、同じ宗太の名をつけたのだった。

宗太はこの自分の名づけの由来に、長くこだわりながら育った。ひょっとしたら本当に、一度確かに生れ出た生命《いのち》がながいあいだ、南の海のどこかをさまよって、再び生まれ戻った

のかも知れない。宗太は南の海の果てまで飛んでいくという、黒い影のように見えるあのカツオドリのことを思った。赤子の宗太がよく泣いたというように、そんな暗い夜の恐怖の記憶が自分のどこかにあるように思えた。それは宗太がもぐる海の底の、さらにその暗い底の方に、大きく口をあけている海の亀裂、海底のほの明かりさえ届かない暗黒の洞《ほら》の世界のようにも思えるのだった。宗太はそんな遠い記憶以前の、自分の命の不可知の世界に、不安とも、恐怖ともつかぬ暗い思いを馳せるのだった。そんな時にも、いつか宗太は荒々しく磯を打ち、遠く沖へ引いて行く潮鳴りの音に耳を傾けていたのである。

ニンキョに移ってからは、お母はよくおとうの話をするのだった。

「おとうはな、村の十二反帆廻船のオヤジ役を長うやってなすったんじゃ。江戸で島の黄楊《つげ》を問屋に売るにゃ、おとうでなけりゃならんゆうて、毎年正月には、名主様と神主《オカンノシ》様がつれだって、一年の船のオヤジ仕事を頼みに来なすったもんじゃ」

そのはるか北に望む遠い海は、帆を張ったおとうの大船をどことも知れず流し去って、帰って来ない海でもあった。

四年前、秋出しの黄楊を江戸で売り、正月用の船荷を積んで、島へ向かって急ぐ途中新島《にいじま》の埠頭を発った後のことであったという。おとうの船はその消息を絶ったのである。

ここ御蔵島には、急な山の岩合いをわずかに平らにして、麦、粟などの畑はあったが、土地に合わないのか甘藷や菜、大根なども育ちにくく、島の生活に必要な穀物や雑物のほとんどは山の黄楊材と引き替えに島に運び入れねばならなかった。

お母はいう。

「ここのツゲはな、ベッコウのようにうつくしといって江戸じゃたいへんな人気なんじゃ。女の髪を飾る櫛の材としてな」

この島の黄楊は木性がよく、温暖な気候に恵まれて本土では見られないほど大きく育った。村のすぐ後ろから島中心の御山へとめぐる村山には、二かかえ、三かかえもある黄楊の大木がひしと生い茂っていた。この村山のツゲを村総出で伐りだして江戸へ運び、村の生活に必要な物資の費用としたのである。

富賀明神さまの秋祭りが終わると、村総出のツゲ伐りが始まる。ツゲを伐るのは男の役目、運び出しは主に女の役目だった。ツゲ山は里から遠く離れた島中心の御山麓にあり、険しい山道をツゲを背負って歩くのは大変な重労働だった。男たちがツゲ伐りに山へ入ると、女たちはツゲを運び出す道づくりをする。まず草を刈り、ところどころ雑木でこしらえた足止めをつくる。一回分ずつ担ぐ荷分けができると男衆は
「何人何人ショイコー！」と担ぎ手を呼ぶ。
ショイダシには年寄りから子供まで、病人以外は皆総出で村の倉庫まで山坂を背負い下ろした。春と秋の二回、江戸へ向けて村廻船が出る時には、ここからまた浜まで運び下ろさねばならなかった。浜へ下る道は一〇〇メートル余りもある急な石段なので、石段を幾ちょう場にも区分し、それに応じた人数が中継ぎして担ぎ下ろす。

「江戸へ着いたらツゲはどこへ持って行くんじゃ」

「江戸の鉄砲州に島会所があってな、おとう達はそこへ宿をとって問屋へツゲを売り渡すんじゃ。お前も今にいってみりゃ分かろうが、その間に村の一年分の米、麦、大豆、酒や味噌、糸や反物から鬢つけ油まで、村に必要ないっさいを買い込んで船の帰り荷にするんじゃ」

「江戸へ行くにゃどのくらいかかるんけ」

「おとうが言うにゃ、船の片道はひと月あまり、じゃが黒潮の潮行きは速く、高波は帆の上まで漲り登って船を揺らすんじゃと。シケの日にゃ、高い渦巻く波が空にもとどかんばかり、じゃから途中三宅島や新島によって風待ちするんじゃと」

「おらあ、知っとる。おとうといっしょに御山に登ったとき、三宅の向こうに新島が見えるとおとうが言ってた」

「海が荒れる時にゃ、三日も四日も島の港で待たにゃならんとよ。危険の多い船旅じゃで、島をでるときにゃ水盃で親子親類ワカレをして行ったもんじゃ。おとうは家族持ちじゃで、かんべんしておくんなさいと何度も頼んだんじゃがのう。やっぱりおとうは海で死になさった」

宗太にとっておとうの最も鮮やかな記憶は、江戸からの帰り荷を満載して、長い船旅を終えた帆船が浜から一丁離れた海に帆をおろす日のことであった。荒波に打ち削られ高い断崖のめぐるこの島では、大船は磯から離れて帆をおろし、ハシケをつかって荷を下ろさねばならなかった。

晴れて海の凪いだ日を待って、三宅島を発った船が沖に白帆をちらと見せはじめると、

「ハマブシンだぞー！」

と、若い衆頭の浜役が断崖のヒヨリ台に立って呼ばる。と、家々からは、畑へ出ていたものも、山仕事をしていたものも、すぐに仕事の手を止めて背負いこを肩に浜におりる。子供たちは真っ先に浜へ走った。

岩だった浜には磯に玉石を敷き、船着き場がこしらえてあるのだが、海が荒れると一夜にしてこの船着き場に玉石が吹き寄せられてしまう。先ずこの玉石をひとつひとつ抱えて移動し、ハシケの道をつくらねばならない。この石畳の上へ、高く引き上げてある荷上げようのハシケを下ろす作業が始まるのである。若い衆の一人が碇と丸太の浮のついた太いロープを担いで泳ぎだす。ロープは崖の上の大木の根にかけてあり、碇を海底に沈めて陸との間にロープを強く張る。このロープを頼りにハシケを海に下ろしていくのである。年寄りから子供まで村中総がかりでじりじりとハシケを海に巻きおろすと、大急ぎで漕ぎ手たちが乗り込み艪を漕ぎ始める。

イヤホーサノサー　グイグイ（艪の音）

イヤホーサノサー　グイグイ

沖の白帆が次第に大きくなって、梶子たちの漕ぐ櫓さばきが鮮やかに見えるようになると、大船からも幾人かの若い衆が裸の体に曳き綱を結わえ、ザブザブ海に飛び込んで泳ぎ始める。凪の日でも波は高く大船に迎えのハシケをつけるには、泳いで舟を導かねばならなかった。

この日、一丁沖に泊まる大帆船まで競って泳ぐのが、島の子供たちの最も勇ましい遊びだった。宗太には、大船の船尾に立って、荷降ろしの若い衆を指図するおとうの姿が自慢だった。

ヨイヤンセ、ヤ、

ヨットコ、ドッコイセ

江戸の荷は一つ一つ若い衆の背にのせられてハシケまで下ろされる。これらを物めずらしくながめたり、船尾からまた何度も海に飛び込んで、船荷おろしの仕事がすっかり終わるまで、その日は一日大船ばたで遊ぶのである。

「オー！」

年かさの子が合図すると、子供たちはいっせいに海に飛び込んで、高い波の間をかいくぐりながら沖の大船まで泳ぎはじめる。

こんな時でも、宗太は一瞬ためらっていつも遅れをとるのだった。久し振りに帰ってきたおとうに、何とかして良いところを見せたいと繰り返し思うのだったが、その時になると、脱兎のように敏捷な他の子供たちに気おされて、そのひと時を失ってしまう。宗太が岸に立ちすくんでいると、

「宗太ー！　それ負けんな。宗太のおとうは船頭じゃに！」

崖の方からよく通るアネイの甲高い声が聞こえて来るのだった。守《も》りをやめてからは、話すこともないアネイだったが、遠くから歌うように呼ばる声を聞くと、一度に悲しみがこみ上げて来て、涙と塩からい海の水とを、いっしょにして飲み込みながら宗太は泳いでいくのだった。

長い船旅に、おとうは眼も鼻もわからぬくらいに焼けていた。宗太が遅れて泳ぎつくと、おとうは江戸の匂いのするハンテン姿で、宗太の大きいさいづち頭をぐりぐり押さえて笑うのだった。

「宗太、お前も早う江戸へ行きたいか。弱虫では江戸へは行かれんぞ」
宗太も今に乗子として船にのらねばならぬのだった。春秋二回江戸まわりの廻船のこの危険の多い乗り子づとめは、弟に生まれた者の仕事でもあったのである。この島には、扶持米賦帳《ふちまいくばりちょう》があって、昔から家は二十八戸と決められていた。村山のツゲや桑を江戸で売り、運び入れられた穀物やいろいろな荷は全て二十八戸の家の人数、性別、年令の別によって人頭割りで分けられるのである。
アニイのように家の跡取《イセキ》に生まれたものは、二十一になると若い衆をぬけて嫁をもらうが、インキョに暮らす弟は一生嫁を持たないで、この危険な乗り子づとめを引き受けねばならなかった。乗り子たちは島にあってもいつもその思いは江戸へ馳せた。

江戸へ三十日浦賀へ二十日
思う三崎にただ一夜……

イヤホ―サノサ　グイグイ（艪音）

イヤホーエンヤ　グイグイ

たくましい潮焼けの顔をほころばせて乗り子たちが歌う舟歌には、一生嫁を持たない彼らを港で待つ、あの港々の遊女たちへの甘い思いがこめられていたのだった。
宗太が彼らから聞く江戸の話は、冗漫でひわいだったが、はるかな沖まではてしなく続くこの夏空のようにどこまでも底抜けに明るかった。

いーなーねー丸　ヤーイ（稲）（根）

ようやく江戸に着いた船が港に船尾をむけて泊まると、浜に立つ遊女たちが船尾にある船の名を読み取って、甘い声で船の小者を呼ぶのだという。島の娘たちには決してみられないぞろりと長い裾さばきで、青白い手をさかんに振って、あちこちの港の船をまねくのだという。

「オ——イ」

船からも手を振って長く尾を引いた声で答えると、やがて小テンマを海へ下ろして、陸へと漕いでいくのだった。それらは船のオヤジ役が荷の取引をしている間の、つかの間の夢の通い路なのであった。

彼らが江戸から帰ってくると、しばらくは江戸の話でもちきりになるのだった。それら海の若い衆たちのあけすけな武勇談を宗太は暗い目で聞いたのだった。その遊女たちの待つ江戸の港へ宗太も今に出て行かねばならぬ。宗太はまだ見ぬ江戸の港に、夢ともおそれともつかぬある悲しさを感じるのだった。

宗太が若い衆入りをする十五の乗《の》り初《ぞ》め祝いには、守りをしてもらったアネイから祝儀が贈られるのである。

宗太はぼんやり考えていた。宗太が大人にならねばならぬ日が、アネイとの別れの日に違いなかった。宗太が女々しくとどこおっているものを、ふっ切らねばならぬ日に違いなかった。

インキョに移ってからお母はめっきり老いこんだように見えた。宗太と二人きりの囲炉裏端に、遠い海の潮鳴りがことに大きく聞こえる夜には、牛皮のような節だった手で、てぬぐいをはずしながらお母はおとうの話をするのだった。

「おとうの船は新島を出たところでシケにあってな、村の大事な積み荷も水浸し、船が危なくなって、人の命が一番大事なことじゃと大事な積み荷も全部海に捨てたんじゃと」

「へえー、積み荷を全部海に捨てたんけえ」

「最後には船が転覆せぬように、帆柱も切り捨てたんじゃと」

「乗り子たちはどうしたんじゃ」

「大風に船が流されはじめ、みな海に飛び込んだんじゃと。多くは新島の漁師に助けられて戻って来たんじゃが、最後まで船に残ったおとうは壊れた船とともにどことも知れず吹き流されてしもうたんじゃ」

戻った乗り子たちの話によると、すぐ近くの無人島式根島を過ぎた頃のことであったという。新島の港で幾日も風待ちをした後の出帆であったが、その後も順風を得られなかった。急に大風、高波となり、急ぎ式根島の仲の浦にはいった。四方八方から高波が打ちかかる中、危険をおかして碇をおろし、船にある用具は全て使って浦の岩礁につなぎとめる。荒れる海に入っての仕事である。しかし、おどり上がる高波と逆巻く風はいよいよ激しく、おとうや舵取り、乗り子たちも髪を切って神仏に祈ったのだという。いやます大シケに高波は帆柱より高く打ちあがり横なぎされる船に海水が流れ込む。ついに傷ついた船に水漏れが始まる。

「積み荷を捨てよー！」

大風に吹き消されるおとうの叫び声、傾く船に滑りながら乗り子たちは水濡れになった荷をことごとく海に捨てる。海に落ちる乗り子もいる。ついには帆柱も切り捨てた。しかし頼みの碇の麻縄も無残にすり切れて、船は離れ船になってしまった。押さえの利かなくなった船はまともに岩礁に吹きつけられて破損、乗り子たちは海に飛び込んで船から離れ、式根島の岸まで泳いで逃れる。それは危機一髪の出来事だったという。台風特有の東南から北へ、そして西へと回る強風は仲の浦にまともに吹きつけ、破れ船となった船はおとうを残したまま外海へ吹き流されて行ったのだった。

乗り子たちが言うのには、風が少し弱まり海が凪いできたのは、夜に入ってからであったという。翌日、陸へ逃れた乗り子たちは新島へのろしを上げて救援を求めたが海は荒れたまま、救助の漁船は島を出ることさえ出来なかった。風がおさまって大勢の村人が救助に来たのは翌々日であった。海に捨てた積み荷の回収作業が始まったのは凪になったさらに二日後、海底に沈んだ荷物、海上に浮遊している積み荷などを回収する。濡れ麦、濡れ粟、濡れ米、さらに古夜具、麻、水油、鍋、小箱、柳ごうりに傘などと濡れた積み荷は干し立てしなければならない。

新島の村人に助けられて、乗り子たちが島に戻ったのは正月も過ぎてからであった。

お母はいう。

「なんでも海底に沈んだ荷を陸上げした場合は十分の一を、海に浮遊している積み荷回収には二十分の一が救助に来た島方のものになるんじゃと。ふた月もたってようよう新島より送ってもらえたが、その年は正月迎えも難儀したもんじゃ」

＊

陽が高くなって、海がもの憂げにぬるむ頃合いになると、アネイが小昼の篭を頭上にささげて釣りの岩場まで下りてくる。海の中から見上げると、海べりの崖はいっそう高く、夏空に迫るように切り立って見える。その高い崖の石段をアネイは心もちふくらんだ腹の前掛けが風にはためくのを気にしながら、ちょん、ちょんと慣れた足取りで下りてくるのだった。

磯に並ぶ大小の岩の間を、頭上の篭が落ちないように注意深く調子をとって歩いて、釣りの足場をさがし出すと、二人がもぐっている波の間を心配げにのぞき込む。宗太が一時早くうねる波の間から顔を出すと、

「宗太ー！」

不安げなアネイの顔は一度にほころんで、よく通る高い声で海に呼ばり、ひらひら手を振ってみせる。その一瞬の夏空に反射するようなアネイの笑いを、宗太はアニイより早く受けるために、勢いよく波を蹴って早く浮く工夫をしていたのだった。

宗太の心は暗かった。アネイにヤン子《ご》（赤子）ができたのだという。

「十九の厄年、孕むか死ぬか。厄年のヤン子は育たないんじゃ」

親が死ぬか、子が死ぬかといって、島では厄の子は忌まれていた。忌みのかかった厄の子は冬の西川の川べりにいったん捨てて、拾い直さねばならぬのだとお母はいう。

宗太にはその畏怖される厄のわざわいがどこから来るのかはわからなかったが、アネイの腹の中に海があって青白いヤンゴが目をつむりたゆたっている情景を思った。その不思議な

暗い海のむこうに、アネイの大きな眼が遠のいていくように思うのだった。

あいつも今年は十九の厄じゃで無事に生まれりゃいいんじゃがのう。親類のだれぞに拾い親を頼むがよかろうで。厄の子をどうでも育てたいときにゃ、日のいい正月の十五日に、橋のたもとの中町の辻に捨てて厄落としをせにゃならん」

「どっちみちヤン子は育つめえ」

宗太はつき放すようにそう言ってみるのだった。その育たないというアネイの子に、宗太は産声をあげるすぐ前に死んだあのもう一人の宗太を思ったのだった。

「ヤン子は一度あの南の海を見て来るがええ」

息の長いアニイはいつも宗太より遅れて浮いた。大きくうねる波の間からアニイが日に焼けた顔を出すと、アネイは一層うれしげに、さらに大きく手を振るのだった。アニイはゆっくり抜き手を切ってアネイの待つ磯の岩場まで泳ぎつくと、

「よいしょ！」

と打ち寄せる高波を勢いよく潜《くぐ》って岩に上がる。波にぬれた赤銅色の体は高い日を反射しててらてらと光って見えた。うれしげに迎えるアネイの手に、ミナワの端を持たせると、自

分もその手を押さえながら何かしきりに教えている。宗太にはそれは眩しい光景であった。ふっくらみごもったアネイの笑顔は、ひな鳥をふところに抱いているかのように甘く満ち足りて美しかった。

宗太はアニイの背後からこっそり岩に上がり、いきなりアニイに体当たりして、この海に突き落としたいと激しく思った。

それは幼い頃の兄弟の海での遊びでもあったのである。宗太が五つ六つの頃から、おとうが磯でもぐり釣りをする時にはいつも二人をつれて行くのだった。ミナワをつけておとうが海にもぐって行った後を宗太が一心にのぞき込んでいると、

「ほれ宗太、ぼんやりしとるな」

アニイが尻をいきなり蹴って臆病な宗太を海へ落とす。宗太は横ざまに海に落ちた。突然のこととて身構える暇もなく、暗く深い海の底へ意識が遠のいて行くような恐怖。打ちかかる潮の中で、喉を締めつけられるような息苦しさに宗太は夢中でもがきながら、鳴き声をあげる前に喉を締められてぐったり掌の中で首を落とすという、あのカツオドリのひなの死の息苦しさを思うのだった。

波打つ海面《も》の向こうではアニイが得意気に笑っている。そのようにして宗太はもぐりを覚えたのだった。

一人海に残された宗太は、体にはりつくような重い海の感触に頭と四肢をあずけながら、強い日ざしを仰いだ。と、強い太陽が目を焼いて炎のような光輪が一瞬目いっぱいに広がったあと、激しい火花の痛みとともにじーんと目の奥が暗くなってゆく。

その時宗太は、数万羽もいるかという陽を真っ黒に翳らし、耳もつんざかんばかりに鳴き交わし、空いっぱいに群れて飛ぶあのカツオドリの大群を見たように思った。その暗くなった目の奥のチカチカ走った火花のようにある怒りの衝動が宗太をうった。

おとうがいた頃カツオドリの若鳥猟はいつもおとうと一緒だった。

カツオドリは島中心の湿原や高い御山を巡って平清水川へ出る島の南側、ツゲや雑木の生い茂る高い断崖に空が翳るほどに群れて棲んでいるのだった。平清水川はここから滝になって海に落ちる。カツオドリは夜明けとともに飛び立って、昼は海面すれすれ海を薙ぐように飛んで魚群を探し、海に浮かんで過ごす。夜になると互いに激しく鳴き交わしながら、黒い群れとなって喧騒のうちに崖の上の斜面の巣穴に戻る。

春になると南の海からやって来るこの鳥は梅雨の頃、決まったつがいが巣穴の奥に一つだけ卵を産み、交互に抱卵し、イカやいわしなどの餌をとってひなを育てるのだ。冬も間近くなって強い西風《ナラエ》が吹くようになると、育ったカツオドリのひなが海へ飛び立ち、南の海へ帰る日がやって来る。ひなの産毛が抜け落ち巣立ちの日が近づくころこの日を待って村の若鳥猟が始まるのだ。巣立つ直前の若鳥は肉がやわらかく脂肪がのっている。村は総出でとらえて塩漬けし、祭りや正月のご馳走にする。若鳥の脂は貴重な灯明の脂でもあり、おとうが立ち寄る船宿への土産にもなければならないものであった。黄楊の木の根元に深く穴を掘り巣をつくるカツオドリは大事な木を枯らしてしまうこともある。村一斉のカツオドリ猟の日は、どの家もおばあから子供まで家族みなの総出だった。

そのクチアケの日には、まだ真っ暗な丑三つ時に村合図のハナの鐘が鳴る。と、家々にぽっと明かりがつき竹で編んだ背負い篭をかついで村人たちが集まり始める。二度目の合図で出発。それぞれ小さい忍び松明《たいまつ》で足元を確かめながら島中央の御山をめざす。強い西風にあふられて黄楊や雑木が鳴る中をアニイは得意気に先頭を切る。巣立ちが始まる夜明け前までにカツオドリの棲む島の南崖まで行かなければならない。

「カツオドリは巣穴の口がわからぬようにスゲちゅう草の陰に穴を掘るんじゃ。穴の入り口は五寸くらい、穴を見つけたら手を入れて温《ぬく》いところを見つけたら、そこをテンガで掘るんじゃや」

背負い篭に唐鍬を結わえつけたおとうは巣の見つけ方をアニイに教えながら大股で登る。その後から、宗太は震えるほどに緊張して小走りについていくのだった。

まだ暗いうっそうとした山のここかし幾つもの小さい松明《たいまつ》の灯がちらちらと木々の間を動いて行く。御山近くのすず原湿原を通り一の森を通ってかれこれ一時間、島の南に先に着いたものは後から来るものを待ち受け、全員揃ったところで思い思いの場所へ散って行く。

ひな鳥の巣立ちの近いこの日、親鳥たちは激しく鳴き交わしながらもう巣から離れ飛び立つ準備を始めている。鋭い爪と嘴、翅を使って次々に崖に張り出した木の枝に上るのである。見あげるとどの枝にも親鳥がすずなりにとまり激しく鳴き交わしている。先にきた村の衆が巣穴をさがしている忍び松明も見える。

アニイが松明をかざして巣を探しだすと、おとうがハッシと唐鍬を打ちいれる。まだ目覚めないひな鳥は驚いて巣穴の奥の方へもぐって行く。おとうはその間に手を入れて奥に眠るひな鳥をひきずり出す。ひな鳥の鋭い嘴で食いつかれて傷だらけになった手でアニイと宗太に手渡す。まだうぶ毛の所々残るひな鳥はかんだかい悲鳴を上げ激しくはばたこうとする。宗太は夢中で押さえつける。そのつややかな羽根をもつカモメに似たひな鳥は両手いっぱいに育っていた。夢中で抑える掌の中に、はじき返すような若鶏の命の鼓動が伝わってくる。そのあたたかい生のぬくもりの胸元から、細い喉に手をすべらせ、ぎゅっと首をひねるのである。

アニイは無造作に始末すると、お母に手渡す。

「宗太、殺した後はまずこうやって腹の下を押して糞を出し、次に腹の上を押して胃の中のものを出すんじゃ。これらを出しておかないと腐って鳥の胸の色が変わってしまう。こうやっておかないと塩漬けに出来なくなるんじゃ」

お母は鳥の腹の押し方を宗太に見せると、ポイとかためた荷の方へ放る。

「今日はどのくらい獲れるじゃろうか。普通の人で五十羽くらい。上手な人なら八十から百羽くらい獲るんじゃ。今日は宗太の手伝いがあるから百羽かのう」

「宗太、鳥が苦しまんように早うせんかい」

おとうの叱声にせかされて、宗太は激しく震えながら鳥の喉にあてた手に思いっきり力をいれるのだった。

宗太が力いっぱいに若鳥の喉を握ると、カツオドリのひなは苦しい最後の羽ばたきをしてがっくりと首を落とす。朝明けの海に飛び立つべく、暗い穴に育ったひなは、あの大海原を一度も見ずに夜明けの迫る闇の中でその命を落とすのだ。人も鳥も暗がりの中で始末される、その戦慄のような感触に、宗太は激しくふるえるのだった。産声をあげるすぐ前に、死んで鳥になったというあのもう一人の宗太のように。

宗太は息苦しくなった喉をのばし、重い頭をふるのだった。

「ガアー！」

激しい鳴き声と羽ばたきが起こった。いつの間にか海と空のはざまから海は白々と明けはじめていた。カツオドリ猟は夜が白むまでのわずかな時間の仕事なのであった。深い朝もやの山のここかしこ、激しいけん騒につつまれはじめた。いっせいに飛び立つ時刻が来たのだった。と、耳をつんざくような騒音が一度に起こって、右からも左からも黒い嵐が吹き起こるように、カツオドリの大群が頭上の大木の枝から、海に張り出した崖の上から南の海にむかって黒い渦をつくって舞い下りて行く。激しく鳴き交わしながら、白々と明け初める海へむかって飛び立って行くのだった。

宗太は一人海の中で、重い波のうねりに背をあてて強い日ざしを仰いでいた。強い日ざしが目を焼いて目の奥いっぱいに広がった暗いめまいの中で、一瞬光った火花のように、宗太はアネイのヤン子のことを思ったのだ。アネイのヤン子として生まれる子は、かって宗太がそうだったように、暗い海を見てくるがいい。一度黒い鳥になって海のはてまで飛んで行き、戻ってくるのがふさわしい。

宗太は、二人の背後からひっそり岩に上がり、いきなり二人に体あたりをして、この底知れぬ暗い海につき落としたいと激しく思った。

アネイもヤン子ももろともに……

土用の強い陽をまぶたに受けて、次々と沖の方から押し寄せてくる波の間にたゆたいながら、宗太は突然そう思ったのだった。それは何かこう強い決意をも持つものだった。

宗太は、打ち寄せる重い波から背をはずすと、ゆっくり抜き手を切ってアニイたちの座る磯の岩場まで泳いでいった。ザザーッと最後の波を頭からかぶって、宗太はアニイたちの座る正面から勢いよく岩に上がった。海から上がった宗太の体は相変わらず干魚のようにやせて小さかったが、宗太はいつものように目を伏せることもなく、じっと二人をみつめたのである。


次の日、宗太は朝早く目を覚まして、裏山の清水場の方へ登って行った。清水場へ続く段坂を登りながら、宗太はひとしきり考えたあと、思い切って御山の方へ登って行った。

いつだったか、おとうと一緒だった若鳥獲りの帰り道、御山につづく峠に出た時だった。四人の背負い篭はその日の獲物でずしりと重かった。おとうもお母も背負い篭に入り切れない分は篭のまわりに若鳥を数珠つなぎにつるしている。重い荷をおろして一息つきながらおとうは北に霞む遠い海を指さして言う。

「見ろ宗太！新島が見えるぞ！おとうの立ち寄る新島じゃ。江戸のあたりは凪の日にゃ霞んでいて分からないが強い西風《ならえ》が吹く日にゃ江戸のあたりもかすかにわかるんじゃ。見ろ宗太！　駿河の富士もかすかに見えるぞ！」

宗太はおとうの帰って来ない北の海を見たいと思った。おとうの指さした北の海、新島を越えて江戸へ行く北の海を見たいと思ったのだ。

新島が見えるとおとうが指さした峠に出た時、朝靄はすっかり晴れ渡っていた。今日は強い風のせいか目の前の三宅島にむかって黒潮が流れをはっきり際立たせて流れ込んでいくのが見える。新島、大島とはるかにみはるかす海の向こうに伊豆、相模、安房の連山がそれと分かるようにかすかに見える。

「あれがおとうの言っていた富士山じゃ！」

この日、江戸は霞んで見えなかったが伊豆の向こうはるか乾《いぬい》の方に、富士が逆さ扇のような頂に白い雪をのせて、どの山並みともつながらず、高く青い裾野をひろげ浮かび上がっているのが見えた。


宗太が家に帰りついたときには、村にはもう朝日がさしていた。宗太がきしむインキョの門口をあけると、お母の厳しい顔が振り向いた。

「宗太、お前、どこへ行っていたんじゃ」

お母も今、オオエから帰って来たところらしかった。

「アネイが今朝、清水場へ行く途中、段坂ですべって大変な騒ぎだったんじゃぞい。強う腰を打って腹が痛みだしたんじゃや。もう少し様子を見てみにゃわからんが、腹のヤン子はもつまいな。石段にぬれた木皮が落ちとって、それを知らずに踏んづけたというんじゃや。あいつは十九の厄じゃでのう。気をつけるよう、あんに何度もいうとったに、なんとまあ、そうなことをしでかしたもんじゃ」

お母は、囲炉裏の火をたきつけて、遅くなった朝食の準備をはじめていた。

「今日一日は畑を休んで、あいつの様子をみてやらにゃなるまい」

宗太は流し場に行って、夜の山歩きにひどく汚れた手や足を洗おうとした。手足から力が一度に抜けた感じがした。

水瓶には、底の方に、わずかに昨日の水がのこっているだけだった。

宗太はカチカチと水瓶を鳴らしながら、その最後の残り水を手桶に汲み取って、手足の泥を洗い落とした。そのとき宗太は激しく思ったのだ。

……江戸へ行くべえ、乗り子になって、あの江戸へ出て行くべえ。黄楊の大木よりもっともっと強うなって、十一反の船の大帆をうまく回してやらあな……と。

そしてもう、あの遠い潮鳴りの音に聞き入ることもあるまいと、宗太はそう思うのだった。

## 参考文献

『伊豆諸島文化財調査報告第五分冊』東京都（一九六五年）
『御蔵島民族資料緊急調査報告』東京都（一九七五年）
『近世海難史の研究』段木一行著、吉川弘文館（二〇一五年）

# 山家慕情

1

こんの茂右衛門《もよもん》　茂右衛門《もよもん》は、
朝の六つに起きられて
あちらへ向いてはほろと泣き
こちらへ向いてはほろと泣き
おれのお背戸に腰掛けて
何が悲しゅうて泣きしゃんす
何も悲しゅうはないけれど
俺に子もない嫁もない
もちと待たしゃれ秋八月に

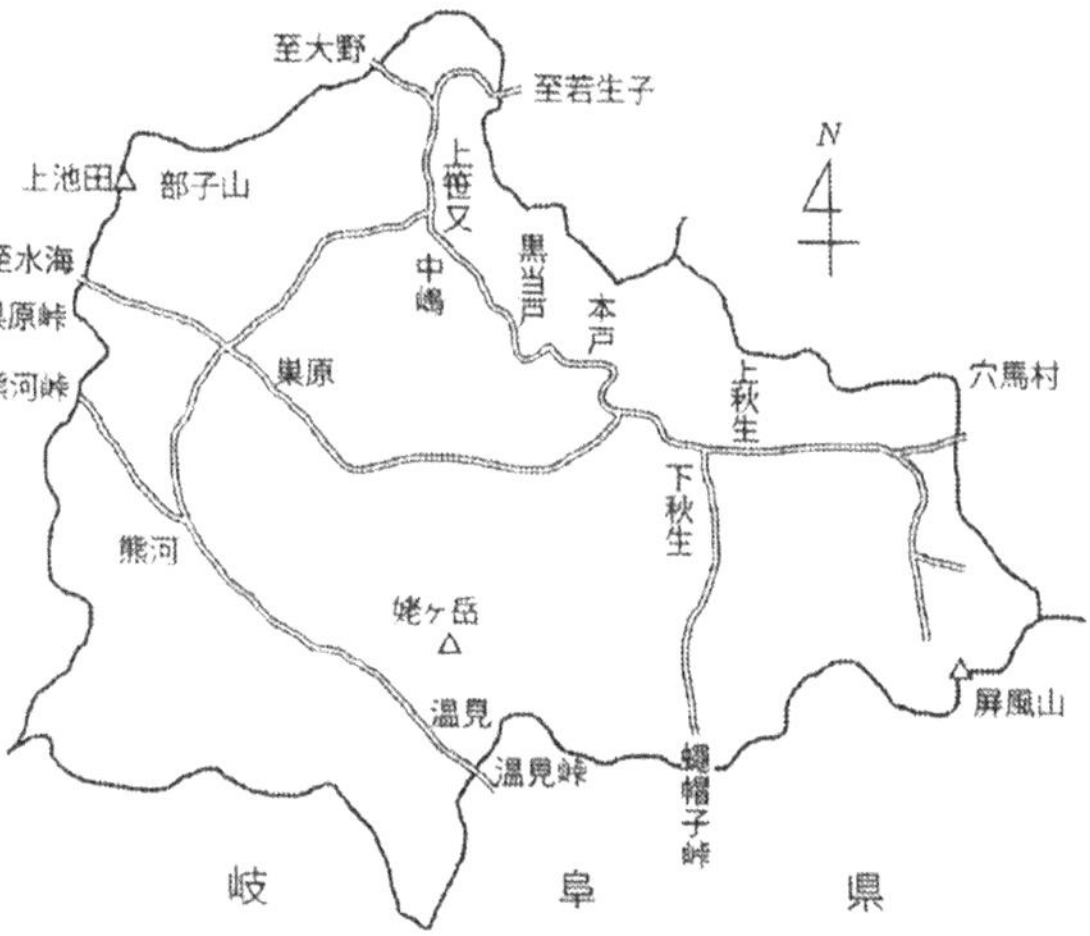


旧大野郡西谷村

鮎《あい》の吸もん二の膳据えて
とってあげましょ花嫁を
ショゲナ

（西谷手毬歌）

惣道場《そうどうじょう》（村の仏道集会所）で、またわらべ達がまり遊びを始めたのに違いない。裏山の斜面からなだれ落ちるように、ブナの立ち木がザヤザヤとかしいで、道場前の広場にほどよい日陰をつくっている。時折、まりを追うわらべが木陰から走り出て来ると、その振り動かす頭《かしら》に夏土用の日ざしがチカチカと反射する。

奥池田（巣原《すわら》）のわらべ達は、たいそう注意深く手まりをつく。惣道場《そうどうじょう》の広場は村で一という広いのだが、いちど手を滑らすとまりはひと弾みで広場をとび越えて、すぐ下の岩段の路から与三兵衛《よぞひょうえ》の家の背戸、源助《げんすけ》家の背戸とつぎつぎに転がりぬけて、下の谷まで落ちてしまう。

春にしっとりとしたぜんまいの綿毛を、両手いっぱいに集めておいて、お婆に手織ばたの端《はし》切り糸をせびる。短い端糸を長く長く結びつなぐと、固くまるめたぜんまい綿に、糸並びをきちんとそろえ、幾重にも巻き重ねてまりをつくる。その糸の締めぐあいにコツがあって、ほどよく巻きあげた手まりはよく弾んだ。

トキは種まきに使う肥《こ》え荷を背負って、山の常畑《じょうばた》まで担ぎあげる。雨に洗い流されて自然に村道となったこの急な岩段のさかを登ると、上にはゆるやかな傾斜が広がっていて、秋野菜や、芋の畑があった。土留めの石垣の下を縫うようにして登るこの坂道は、七折れ八折れに屈折していて、荷はすべて背で負って担ぎ上げねばならない。肥え荷がゆらゆら動かぬように、トキは背をしっかり伸ばして、道場の横まではいっきに登った。

「よいしょ。」

石垣に背の荷の重さを寄りかけて一息つくと、胸でせいていた熱気がいちどに頬に吹き上がってくる。肥え荷を石垣に押しつけて、肩にくい込んだ負い縄をずらすと、自然に空を仰ぐ形になって、土用の日ざしがきらきらと眩しい。

今登ってきた坂道は、きつく折れ曲がったところで、わら屋根や石垣にところどころ隠れながら谷の方へと続いていた。向かいの山がすぐ迫っている村下の谷は、もう深々と陰っていて、その深みからひと流れの風が吹きあがってくると、頬の熱気はたちまちに、さらさらと乾いてしまう。

　このあたりの谷は深く狭い。岩質の山を急流が深く削って、谷は荒々しく剥《む》きだした岩肌をつらねて、狭く深い峡谷をなしている。春には多量の雪どけ水が浅い地層をいっときにくぐり抜けて流れ落ちるから、深い谷川もたちまちに満水して、雪折れの枝木や岩の塊が岩壁にぶつかりながら水煙りをあげて流れる。

　増水時の激流を避けて、村は谷をのぼった山腹《やまはら》に、それぞれの適地をみつけて不規則にわら屋根を並べていた。谷からのぼると厳しい七折れ八折れの坂道も、さらにのぼって山頂近くに出ると、山はゆるやかな広がりを見せて、視界はいっきに開けた。

　谷の荒々しさに比し、山頂あたりには、古い風雨にやわらげられた平坦な地層がゆるやかな曲線をつらねていて、山はやさしさに面《おもて》を変えた。この山頂の平らかな山々の峰が南方へと続く谷あいに奥池田（巣原《すわら》・熊河《くまのこ》・温見《ぬくみ》）の村々があり、さらに折り重なって続く山並みのきわに能郷《のごう》白山の藍色の山峰がそびえている。その西肩のあたりに、これも頭の平らかな鞍部山が峰を並べている。前方には、姥《うば》が岳が大きく山脚《やまあし》をひろげて夏空を切っていた。その後ろ肩からも高さを揃えた山並みが波状につらなって、ここ南中山西の谷の輪郭をつくっている。村うえの常畑から北に続く裏山を越えて東方にまわると、蝿帽子峠《はえぼし》へのぼる笹生谷《さそう》が見える。

……ハエボシ峠はあのあたりじゃろか……

毎年、春になると、美濃《みの》の牙人《がじん》（仲買人）が、蝿帽子峠《はえぼし》を越えて冬仕事にすいた手漉き紙を買いにやって来る。おとうは大野へ出すよりも美濃のほうが値がいいといって、雪がすっかり消えてからやって来る美濃の牙人を待って紙を売った。

今年も紙牙人がきたと伝わると、男たちは紙を背板につけて裏山を越え、笹生谷《さそう》の秋生《あきう》まで運んだ。美濃の牙人はここで谷々からの紙を集め、歩荷《ぼっか》（荷担ぎ）をつらねて蝿帽子峠を越えるという。

おとうが紙と交換して持って帰る木綿や塩やにしんにまじって、時折、くす玉や色つきの紙を見つけると、トキはもう嬉しゅうて眠れなかった。

「のう、あきんどはどんな風じゃった？」

「のう、美濃はどんなところじゃ？」

トキがせっついておとうに聞くたびに、おとうはいつも同じ話をくり返した。

なんでも、蝿帽子峠はえらい難所だけれど、美濃に通ずる峠ではいっとう低く、秋生から蝿帽子川をのぼって一日がかりで峠越えすると、美濃の方にはゆるく傾斜していて、大野へ出るよりはずっと近いという。峠下の大河原で一泊して、紙はその在所の紙といっしょに、根尾川を下って、美濃の紙問屋まで運ばれるという。

「のう、トキ。ワエのやる漉き紙のしかたも、昔、美濃の方から習うたものじゃで。昔しゃこのあたりゃ、美濃のほうと親しかったじゃと。人や物はみな美濃の方から来たんじゃ。それがハエボシ峠に関所ができて、人や荷の出入りを厳しゅうしてから、峠を越す人も少のうなって、越前のいり口が今じゃ越前の奥地になってしもうたんじゃ」

「なんでハエボシ峠に関所ができたんじゃ」

「越前が攻められるときゃ、何でもこのハエボシ峠から軍勢が入ったんじゃと。ホレ、トキも知っとるように、下村の中島に殿さんがござったときじゃ。何でも戦のときゃぁ、秋生から若生子まで、笹生川の谷はみな火をかけられたんじゃと。谷は、三日三晩燃え続けて、死人が川を流れたんじゃと。こん村は、谷違いじゃで、難儀は受けなんだじゃがのぅ。」

「今もハエボシ峠に関所があるんけえ」

「今はねえ。国が治まって長う経つじゃで。大野の殿さまは、山の登り口の若生子《わこうご》に移して番所にしたんじゃ。ここは難儀な山じゃで、戦《いくさ》の心配がないときゃぁ、登り口の番所で荷や人の出入りを調べりゃ足りるでのぅ。じゃが、山の者にとっちゃぁ、大野からの往来も番所があって不便じゃし、美濃からの出入りもとんと少のうなって不便なことよのぅ」

「ハエボシ峠まで行くと、美濃の国が見えるじゃろうか」

「ほりゃ、見えるじゃろうとも」

「おとうは行ったことがあるんけえ？」

「ねえ。用がねえ」

「村の衆で誰か行ったもんがあるじゃろうか」

「そんなもんは、弥兵ヱんとこのモヨモンぐらいなもんじゃろうのぅ」

蝿帽子峠は、姥が岳につらなる山並みの肩に隠れてここからは見えない。

……　いちど、ハエボシ峠に行ってみたか　……

トキが美濃の話を聞きたがるごとに、おとうが指さして教えてくれた東方の山並みの端は、ちょうど昼下がりの日に輝いて、峰風に吹かれた夏雲が一片、急ぎ隠れ込んで行くところだった。

上の常畑では、そろそろおっ母が種まき用のくわ入れを終わって、トキが登って来るのを待ちかねているに違いない。

「よいしょ」

トキが石垣に寄りかかっていた背を起こして立ち上がったとき、広場の木陰から弥兵ヱんとこのエイがじゅばんの裾をひるがえして飛び出してきた。石垣からひょいと小さな黒い素足をおどらせて飛び降りると、大あわてで坂を駆けくだっていった。

「手伝《つた》いせえー」

おおかた、おっ母にきつく言われていた仕事を思い出したのであろう。

「弥兵ヱ《やひょう》んとこも帰ってきたじゃ」

「ほう、いちばん遅い弥兵ヱんとこが帰って来たなら、これで村じゅう揃うたんじで。盆も近いのう。」

思いっきり腰をかがめて後ずさりしながら、秋野菜の種を指のあいだからポロポロ畝にまきこんでいたおっ母は、腰を伸ばしてトキをふり返った。

夏の土用入りになると、遠く焼き畑の出作り《でづく》り（畑が遠いため農作業の期間中小屋掛けしてくらす）にでている家も、ぼちぼち村へ帰ってくる。弥兵ヱんとこはお婆だけを村に残して、村でもいっとう遠くまで出作りにでていた。

「こん頃わぁ、ムツシ（囲い込み地）が多うなって、小前のものはめっぽう遠くまで出にゃならんでのう」

留守居のお婆は、屈みこんだ背をいっそう小さくまるめて、よくこんな愚痴をこぼしながら梅雨ごしの稗《ひえ》を干し場のむしろに広げていた。小さく屈んだ背に比して、袖口から伸ばした枯れた腕はやけに長く、節だった大きな手のひらは、他の生きもののように力強く見えた。坂道を人が通り過ぎると、その不釣合いに大きな手のひらを目の上にかざして、お婆はひとしきり見送るのだった。

弥兵ヱんとこの焼畑は姥が岳にある。この常畑の作道から峰まで登って、小半日も歩いてゆるやかな山林を過ぎると、姥が岳の西の山ずそに出る。そこはもう村の入り合い山で、この村のものなら誰でも自由に伐採ができた。

春、トキがおとうについて、ムツシはずれの切りかえ畑へ山焼きに行った時、こんど拓《ひら》いた弥兵ヱんとこの焼き畑が見えた。姥が岳の峰にはまだかなりの雪が残っていて、山の西腹あたりの雑木の合い間から、山焼きの煙が湯気のようにほの白くゆらいで見えたとき、おとうがそれを教えてくれた。

「弥兵ヱんとこはオジ（生涯結婚しないで作男として働く叔父）がいるでええ」

トキが肥えに土手横の川水を混ぜて畝にまき込むと、おっ母はそこに種をおろし、石混じりの畑土から小石を丁寧にわけ除きながら浅く土をかけた。

「よそ村とは違うて、ここじゃぁ、小前の者でも分家させるが村の風じゃに」

おっ母は、オジの手があって、弥兵ヱんとこの焼き畑が徐々に広がってきている妬さも暗に含めて、弥兵ヱんとこを非難する。

「モヨモンは何で嫁をもらわんのじゃ」

「オジに生まれた者は、ワメ（自分）で嫁つくって新畑拓く甲斐性がなきゃあ、一生下屋《げや》ずまいじゃて」


茂右衛門はめっぽう足が速く、山歩きの時など、誰も茂右衛門にはついて行けぬという。ひょいひょいと坂を駆け登って、サルバカマから剥きだした細い脛《すね》はたちまちに見えなくなってしまう。つれの者がやっと追いつく頃には、もうそのあたりの探索を済ませて、雑木のあいだからのっそり現れるのだった。

トキが茂右衛門を村なかで見かける時はたいてい夕餉《ゆうげ》前、わらわ達がおっ母に呼ばれそれぞれのわら屋根の中へ散っていく頃だった。夕暮れの色がしだいに濃くなっていく下屋端に腰をおろして、ぼんやり暗い谷のほうに目を放っていた。

日がすっかり沈んでも、このあたりは東方の山峰《やまみね》が長いあいだ薄明るくなっていて、谷の方から這い上がってくる黒々とした闇に一帯が包み込まれるまでには時間があった。夕暮れどきの谷風はたいていきつく、谷川の匂いがした。骨ばったヤマギジバン（山着襦袢）の背を谷風にばたつかせながら、茂右衛門はバッタのように足を折り、膝を両手で抱えていた。

こんな時、わらわが一人で通りかかると、大あわてで駆け抜ける。五、六人群れになって通るときには、威勢よく、「いちっ、にっ、さんっ」と声を揃えて大声ではやした。

こんの茂右衛門　茂右衛門は、
朝の六つに起きられて
あちらへ向いてはほろと泣き
こちらへ向いてはほろと泣き
おれのお背戸に腰かけて
なにが悲しゅうて泣きしゃんす
……………………………

……………………………………

年かさのわらわがはやし始めると、いつもはいじめられ役のわらわも鼻汁をすすりながら一層大声をあげた。

わらわ達の中には、野生の残酷さが潜んでいて、常軌からはずれたものの、怖さと弱さを敏感に嗅ぎとると、群れの力を借りてそれをさらに打ちたたく。

茂右衛門はほとんど反応しなかった。ただわずかに頭を動かして、わらわ達の方を見返した。その洞《ほら》のような暗い眼にあうと、悪童たちは、

「ワーッ！」

と声をあげて逃げ散った。

「モヨモンは、口きかん分だけよう働くでのう」

髷を包んでいた手ぬぐいをはずすと、おっ母は曇らせた眉元の汗をぬぐった。

トキは今年の小正月、十五になって、村の娘宿に入れてもろうた。春近くなって村まわりの雪がゆるみ始めると、

「宿つくるまいか」

とふれがまわって娘宿の春夜なべが始まる。そろそろ始まる焼畑仕事のために、在所の家を一夜ずつ、娘たちがその年必要なだけの蚊火《かび》（蚊よけ）を賑やかに作ってまわる。ぼろ布を稗、粟のからで固く包んで藁《わら》できりきりと巻き上げる。尺足らずのものから尺余りのものまで、長さを色々に巻き上げて作っておくと、山仕事にあったものを選んで下に火をつけて腰に下げる。山のきつい蚊やブヨを追うには、蚊火を腰でもくもくと燻《くすぶ》らせねばならない。

娘たちが宿をつくっていると聞くと、若衆宿は稗酒の勢いをつけて押しかけて来た。その日の蚊火づくりの宿を知られぬよう、娘たちはこっそり打ち合わせて宿に集まるのだが、若衆宿は童などを使って、その夜の宿を探りあて、頃合いを見はからって

「藁《わら》が足りぬと聞いて持って参りやした」

と奇襲をかける。

「あひょっ！」

娘たちの大仰な嬌声が起こって、宿ははじかれたように賑やかになった。外はまだ凍てつく寒さなのだが、囲炉裏《いろり》をめぐって円陣をつくると、娘たちと若い衆は蚊火づくりの手をせわしく動かしながら、多勢のいきおいをつけてやりこめあう。

思うて通えば石原道も
　真綿ふむよな気で通う
若いお方の空念仏は
　神やほとけもおかしかろ
かわいらしなと目で見たばかり
　一夜寝もせん添いもせん
月夜なら来い闇なら来るな
　闇の夜にきて打たれるな

歌の合い間にはさまれる悪口《あっこう》に、さざめく笑いの渦の中にあっても、茂右衛門は一人黙々と蚊火づくりの手を動かしている。もう茂右衛門は若連中の年令をかなり過ぎているのに、若連中の集まりには几帳面に顔をだす。かといって、問われなくては何ひとつ話すでもなく、若い衆とのつき合いを楽しんでいる風でもなかった。

その日の宿は、村の庄屋の庄左《しょうざ》とこだった。庄左衛門は、上機嫌でヨコザに座って、若い衆のために上物《じょうもの》の薪をつぎたして囲炉裏の火をかき立てる。煙り出しのないこの在所の家では、煙りは板間全体に広がって、天井裏に抜ける。いい薪を焚くと、板戸や屋根裏は黒光りしていい艶になった。

庄左衛門は娘や若い衆の話にあいづちを打ちながら、満足げに板戸の艶のつきぐあいをながめていた。

娘宿のユイ（共同作業）がまわって来ると、各家とも、とっておきの材料で最上のもてなしをした。

「この頃は、紙の値がええちゅうが、皆きばって紙漉《す》いたかいの。」

庄左のおっ母は、囲炉裏の大鍋に稗と小豆の粥《かゆ》をたっぷり入れて、大箸《はし》で混ぜながらゆっくり煮込み、そこへ南瓜を切りこんだ。

「苧《お》績《う》み（麻をよって糸を作る）はつれと集まってできるけれど、紙漉きは紙屋でおっ母におこられどうしじゃ」

「紙漉きはつらか。紙屋は寒うて、ぞうりが土間に凍りつきよる」

「楮《こうぞ》たたきも、紙干しも、紙は加減がむずかしゅうて」

娘たちが口々にくどくと、

「よい紙つくる娘がよい嫁になると。それにこの村の紙は、美濃でも上物《じょうもん》だちゅうて美濃からさぁ、京まで運ばれるんじゃと」

庄左のおっ母が口を入れると、庄左衛門もあいづちを打って、

「この村の帳紙《ちょうがみ》は、美濃尾張じゃ越前の薄口紙ちゅうて重宝がるんじゃと。色はようないが筆すべりがええ。強うて虫もつかん。火事のときにゃぁ、このまま井戸や池の中に投げ入れると、幾日水ん中に入れといても、破れたり文字が消えたりせんのじゃ。何ちゅうても、ほんまものの生漉《なます》きじゃでなあ。皆、きばって漉きなされよ」

庄左衛門が新しい上薪《まき》をつぎ足すと、囲炉裏の炎はいちだんと大きく明るくなった。照りかえった娘や若い衆たちの顔々の陰から、その時、低い茂右衛門の声が聞こえた。

「紙もだんだんむずかしゅうなる。大野の方じゃ、紙改《あらた》めを受けんと内々に売っとる者は、隠さず申し出るよう、きつい御触《ふ》れが出ておるんじゃ」

茂右衛門はあいかわらず手を休めないで蚊火を巻き上げながら、ひとり言のようにボソリと言った。

「茂右衛門はよその事にくわしいでのう」

この場違いな低い声を、若い衆の一人が冷やかして取りあげると、さらに茂右衛門の声が続いた。

「大野藩は、米は不作じゃし、借金、借米で困っておる。それに、どんどん物の値段が上がっとるんじゃや。今、蝦夷《えぞ》にいい値で売れるゆうて、商人が四文銭を買いあさっとる。それで銭相場が上がるんじゃや。黒船の影響じゃとゆうが、今はどこも物騒《ぶっそう》なけはいじゃや。」

互いに見あわす顔々の間から、トキは思わず膝をのり出した。

「なんと四文銭が売れるんじゃやと？」

「さあさあ、小豆粥ができた。南瓜を入れたじゃてうまかろう。ほれ、お熱いところを食べさっしゃれ」

白けた座を庄左のお母が愛想のいい声でとりもった。

「ほれ、モヨモン、あれがハルの姪っこのトキじゃ。ハルの若けえ頃によう似ておろうが」

茂右衛門は、その時はじめて蚊火巻の手をとめて、顔をあげてトキを見た。

あの眼だ。夕暮れの中で、囃し立てる悪童たちの方を、じっと見たあの洞のような暗い眼だ。トキは思わず身をすくめた。


種まき仕事が終わって、二人がほっと腰を伸ばしたとき、畑はすっかり傾いた夕日を横あいから受けていた。石礫《こいし》の多い畑土も、今はきれいな縦縞《じま》をつくって、なだらかな球面のようにふくらんで見えた。

「今年の作柄《さくがら》はどうかのう。ここんところは冷やっこい年が多うて、穫高《とれ》が落ちとるでのう。冬も越されん日にゃぁ、ムツシ（囲い込み地）を質入れせんにゃならんのじゃで」

帰り仕度を整えるおっ母の影法師が、畝《うね》を横切って伸びたり縮んだりした。

山の下の方ほど夕暮れは早い。トキとおっ母が畑を後にして道場横まで来たときには、もう、木立やわら屋根は深々と夕闇のなかに沈んで、石路《みち》だけがほの白く浮いて見えた。その

濃い暮れ色のほうへ、一歩一歩降りて行きながら、

「オレはハルおばに似ているかえ?」

トキが問いかけると、

「ああ、トキはハルにそっくりじゃ」

「モヨモンはハルと親しかったのかえ?」

と、鍬《くわ》を肩にしたまま、おっ母は突然立ち止まってトキを振り返った。

## 2

十三日の盆入りは、あけ七つの草刈り太鼓で始まる。

ドーン、ドーン……

道場の太鼓が時を告げると、空は東の方の山ぎわから、うっすら白みはじめる。まだ暗く深い朝もやのなかに、ぼつぼつ人の動く気配がしはじめる。

村下のほうで起こりはじめたざわめきが次第に大きくなると、ひたひたと、幾つもの足音

が登ってくる。すっかり明けきらぬまでに着くようにと、村の衆は深い朝霧の中をそれぞれの草刈り場へと急ぐ。

十三日は、おショウライ（精霊）迎えのための草刈り盆で、お婆からわらわ達まで、さっぱりしたヤマギジバンに着替え、総出で草を刈って肥え草をつくる。夜が明けきらぬ間の、露をたっぷり含んだ朝草は、さっくさっくとよう刈れた。

この日は、村の入り合い山、他人のムツシのどこへ入ってもよく、張り合って刈るので皆精がでた。男衆は、冬の雪囲いのための、萱《かや》を刈って束にして干す。背丈より二、三割り高い萱草を一抱えの束にして九束つくる。若い衆は村仕事の道草刈りにでた。村境から向かいの山の麓までおショウライ迎えの道草を刈る。

（草刈歌）

新草刈はナーエ　誰が刈りそめた
ハイヨー　サーサ　飛騨の甚吉と
ホーイ　寅の助

向こうの谷あいから威勢のいい声が聞こえると、こちらからもまた大声で歌いかえす。日がすっかり昇りきる頃には村まわりの丈高い草むらはきれいに刈り取られてさっぱりとなった。

午後からは仕事休み、男衆はそれぞれの家に盆棚をつくる。おっ母やお婆は、盆料理の下ごしらえに取りかかるから、童《わらわ》たちはもう嬉しくて仕方がない。

昼過ぎになると、若い衆は谷川の上流へ行って岩魚《いわな》を取る。岩立った村下の渓流を上ると、右手の山谷からも谷川が流れ込んでいて、山ずそが三方から寄り合ったところで川幅は急に広がり、流れが緩やかになる。夏は川水が少なく、洗いさらされた白石が続いていて、浅瀬では川底の石にゆらゆら水の陰が映る。深みも明るい水色をしていて、岩魚が岩間から岩間へ、ひらりと背をみせて隠れこむのもよくのぞけた。

夏といっても、谷川の水は切れるように冷たい。下に堰《せき》をつくり、山椒《さんしょう》や胡桃の枝、囲炉裏の灰をカマスに入れ川に沈める。若い衆入りした年若い者から、順に水に入って裸の肩を組み、

「ヨイショ、ヨイショ」

勢いづけて踏むと川が濁り、岩魚は白い腹をみせて浮きあがった。と、裸の列は一度に崩れ、水しぶきとともに奇声を上げながら競って岩魚を手づかみにする。

「ひょーっ！」

次々に岸の大ざるに投げ入れると、岩魚はたちまちに大ざるいっぱいになった。これを威勢よく村へ担いで帰って村中にわける。残りは若い衆宿の夜の酒宴の肴となった。

十四日はたくもん（焚き物）盆で、村じゅう入り合い山にはいって薪づくりをする。この日も午後から半日休む。若い衆は道場の広場にやぐらを組み、柴木《ばいた》をあつめて耀火《かがり》の準備をした。

十五日には、嫁に行った娘たちが帰ってくる。秋生村へ嫁入ったハルが、シゲを連れて帰ってきたのは昼過ぎだった。おっ母は盆のご馳走をつくり終えて、豆腐、こぶ巻き、煮しめを盛りつけていた。

「ようお帰り。子連れの山越えは難儀《なんぎ》じゃったろうに」

「あねさん、お世話になりますう」

ハルは手桶に水を汲んで足を洗うと、盆棚にみやげの品を供えた。

「トキは十五じゃで、今年はオレが島田に結《ゆ》うてやろうのう」

ハルがほつれた髪をかき上げながら櫛をはずすと、めっぽう肉の落ちた背にシゲが飛びついてくる。

「シゲ、おばちゃは何といった？えこうなって、かしこうなったとゆうたじゃろう」

シゲにほほ笑みかけながら、ハルは背に手をまわしてゆらゆらシゲを揺り動かすと、その細くなったうなじの後ろから、シゲはふくらんだ顔をのぞかせる。

「ねえさん、仕事はきつうないか？」

シゲを抱きとりながらトキが問うと、

「次の子が流れてから疲れやすうなってのう。夜の粉ひきが一番こたえる。嫁は畑仕事をしもうてからも、明日一日分の粉をひかにゃならんでのう。トキはのう、ええなじみ（馴染み）を見つけやれ。同じ在所がよか、里が近うてのう」

ハルはトキに手鏡を持たせて、髷《まげ》の根元の元結《もとゆい》をはずすと、髪は一度に肩に流れた。

「おお、ええ髪じゃや。美くしか」

ハルがトキの髪を梳きはじめると、

「シゲ、玉蜀黍《とうもろこし》がいいあんばいに焼けたぞい」

囲炉裏のほうからおとうの声がした。

その夜はおとうも大事にしている白木の椀をだして、稗の濁酒《どぶろく》を大分飲んだ。盆祭りの夕飯がすむころから、

ド、ド、ド、ド、ドドド……

道場のひろばから太鼓が鳴り始める。道場の方角に明るい光りの輪が浮かび上がった。

トキは麻の長着に手を通した。おっ母が白い紙を巻いてくれた紙緒《お》の草履が足にまぶしい。

盆の月の出は遅い。パチパチ柴木《ばいた》をはじかせながら、耀火《かがりび》は勢いよく燃え上がっていた。

道場前の広場は円形に照らし出され、ブナの木立や道場の大屋根は、耀火《かがり》が明るい分だけ黒く大きい翳《かげ》りをつくって、光りの輪の周りを隈《くま》どっていた。その暗い翳りの上方でときおり、ブナの木立が重々しい枝を動かす。

茂右衛門は、いつものヤマギジバンのまま、耀火の世話をしていた。耀火のそばで動くごとに、赤々と照らし出された半身と、濃く翳をつくった半身が様々に変わる。集まり始めた

華やぎにはいっこう無関心のように、骨ばった背をみせたまま、火守《ひも》りのように黙々と、耀火《かがり》のまわりを動いていた。

小太鼓を胸に掛けた若い衆が、両ばちで敲《たた》きながら耀火のまわりをめぐり始めると、歌声が起こって踊りが立ちはじめた。

「娘見に来るよそ村の若い衆も分からんように混《ま》じっておろうで」

ハルは後ろの人垣を見まわしながらいう。

「あんさんとナジミになったのも、あんさんが秋生村から盆の踊りを見に来た時じゃ」

トキが怖《こわ》げにまわりを見まわすと、ハルは笑いながら肩をたたく。

「それがのう、村の若い衆につかまって、ひどい折《せっ》かん受けよった。よそ村のものは、若連中に断りなくちゃぁ、村娘に手出しはできん。そいでさぁ、秋生《あきう》の若い衆頭を仲人にたてて、酒橋かけて詫《わ》びをいれたんじゃ」

「秋生から通うは遠かったじゃろうに」

トキがいうと、ハルは口を覆《おお》ってくすくす笑う。

ドン、ドン、ドン、ドンドンドン……

太鼓に合わせて、娘衆、若い衆、お婆から童たちまで、足で拍子を踏んで手を鳴らす。

サイヨ、なんと兎はしゃれたものイヨ
　　お月眺めて恋をする
イヨ、雲にかけましょうよ　サアリャ
　　およばぬ恋をするかの　ヨイエ
（平家踊りの歌）

トキもハルについて踊りの輪のなかへ入った。

……　あんさんはやさしゅうてええ　……

あんさんがハルのところへ通うて来ていた頃、トキはまだわらわだった。トキを見かけると、日に焼けた顔をほころばせてグンド（山ぶどう）やあけびをくれた。

ハルが嫁入りした日、トキも送り人の行列に入って、裏山を越えて笹生谷《さそうだに》まで送って行った。

「お送り申しやすう」

と、その日は日が暮れてから送り人《ど》の若い衆がたいまつを持って迎えに来た。おとうはハルの道具箱を担ぎ、おっ母は土産《みやげ》の粟餅をもった。

「お願い申しやすう」

若い衆に酒を振舞ってから、若い衆頭のたいまつを先頭に、たいまつの行列は賑やかに出発した。

アー、かわい子なれど　あげますほどにヨー
　ヤレヤレ、長いサー　面倒を　アリャ
　　見ておくれヨー　ヤレヤレ

おとう、おっ母、それにハルを中にはさんで、夜の山路をゆっくり迂回《うかい》しながら、秋生へ通ずる裏山路を登る。先に行くたいまつの灯りが時折闇の中に隠れると、また山の上の方に

ぽっとあらわれたりした。

峰へ出ると、急に夜空に星数が増したように思えた。谷の北向こうの山腹に遠く秋生村の灯影が見える。そこからずっと下った山麓の村の入り口に、赤い松明の灯りが幾つも幾つも集まったり離れたりしながら揺れ動いていた。

「ほれ、あれが嫁垣《よめがき》（嫁妨害）じゃ」

たいまつを振り回して

「オーイ」

と声をかけると、

「ホイ、ホイ、ホイ、ホイ……」

と若い衆は威勢よく駆け降りていく。チラチラ動く迎え人《ど》のたいまつがだんだん近くになると、路をさえぎっている逆茂木《さかもぎ》の柵《さく》や、秋生の若い衆やわらわたちがワイワイ集まっている様子がはっきり見えてくる。

その柵の正面へ送り人《ど》の若い衆が威勢いよく駆け込むと、迎え人《ど》の若い衆がそれを迎えうって小競り合いになる。たいまつを交錯させてひとしきり、

「ホイ、ホイ、ホイ、ホイ……」

と駆け回ってから、ハルを迎え人の若い衆頭に渡した。おっ母は嫁見に集まっているわらわたちに粟餅をわけた。


…… あのとき、送り人の若い衆の中に、モヨモンもいたんじゃろうか ……


ドン、ドン、ドンドンドン……

月も昇った。踊りの輪は二重になって、その後ろの人垣もさらに大きくなった。歌声も一段と高くなった。おとうも、おっ母も弥兵ヱのお婆も、エイも、この輪のなかで踊っているに違いない。

ハルの上気した横顔がみえた。

盆がすんだら、すぐ出作り小屋に入って黄蓮《おうれん》の収穫、植え替えの仕事が始まる。彼岸になったら切り替え畑の雑木《ぞうき》ナギをし、焼畑の稗、粟の収穫をする。山で栗や栃《とち》の実も拾わねばならない。山の秋は短かく、穫り入れ仕事はことさらに忙しい。だから、年に一度の盆祭りの夜は、夜を徹して踊らねばならない。

　昔なじみとつまづいた石は
　　　憎いながらもサーヨ後　を見る
　惚れてヨー　くれてもわしゃ弟じゃて
　　連れてヨー　行くにも
　　　サヨ家はない　サヨ家はない

　踊りの輪は半身を耀火《かがり》に火照らせて、声を揃えて歌い、手拍子を打ち、縮んだり、広がったりしながら、右まわりにぐるぐるまわる。時折、若い衆の誰かが円陣の中央に踊り出てひょうきんな手振りを披露した。耀火の太いやぐらにも火がまわって、火の粉を夜空へ吹き上げながら、耀火は大きくどんどん燃える。

　トキは気がついた。

……もヨモンが見ている。さっきから、こちらばかりをじっと見ている。オレではなくてハルを見ている……

茂右衛門は、ちょうど耀火の向こう側に、火搔《か》き棒を手にして立っていた。黒い大鳥の翼のような道場屋根を背に、耀火の火照りを一身に集めて、光の輪の中に浮き立って見えた。その暗い洞《ほら》のような眼にも、今は焔《ほのお》の色が赤々と映っているに違いない。

折からの風に、重々しくブナの木立の暗い隈取《くまどり》が、上方でザヤザヤとひとしきり揺れた。トキは踊りの輪から離れた。一人暗い坂道を走って帰りながら、胸の動悸が止まなかった。踊りは明け方まで続いたに違いない。ハルはなかなか帰って来なかった。

## 3

盆がすむと、村の大方はそれぞれの出作り小屋へ散っていく。山にはもう早い秋の色が訪れて、銀穂のなびくすすき原の山路には、しばらくは家ごとに鍋や椀、塩や味噌と当座の食糧、鎌、くわなどの農具に、かさ高い夜着もかついで、小屋へと急ぐのが見られた。

トキの家も、今から一月《ひとつき》あまりのせわしい黄蓮《おうれん》の仕事のために、必要な荷を背板でしょって向《むか》い嶽《たけ》にある黄蓮《おうれん》小屋にはいった。

夏場だけに使う山小屋は、曲がり木もそのまま生かして棟《むね》に渡し、土間には干草とむしろを敷き、中心には炉が切ってある。

梁《はり》から下がった自在かぎは、夜おとうが炉の明かりに照らしながら、枝木を削って作ったものだ。萱で囲った小屋の後ろには小さな流れがあり、おっ母はここで洗い物をする。ちらちらと朽ち葉に染みひろがってくる山水に、なかば根元を洗われながら、毎年忘れずに芽を出すほおずきが今年もちょうど赤くなっていた。

この向い嶽の黄蓮畑は、村下の谷川を越え、向かいの山のムツシはずれから南に小半里あまり登った村山境の尾根にある。峰のブナ、ナラの立ち木は、強い西風に吹きさらされて、丈低くまばらで、夏場も涼しい葉かげりをつくる。その木漏れ陽の多い格好の斜面に、おとうが黄蓮畑を拓いたのだった。

おとうは繁りすぎるブナの枝打ちをして下草を刈る。おっ母とトキは苗木の株分けをして植えつけ、畝の間に湿った朽ち葉を敷いた。苗木の世話がすむと、十年以上の古根を掘る。三つ刃のくわを打ちいれてゆっくり手元へ引くと、ひげ根いっぱいに土を抱えた古根が小指大の太さに育っていた。

おとうはそれを一つ一つてのひらに乗せ、目をほそめて吟味して土を払った。

「爺がいた頃は、このあたりの野生の黄蓮を集めていたんじゃが、大野のあきんどが来るようになってから、野生のもんを植えて育てるようになったんじゃ。あの頃は、えらい競争で山びらきをしたもんじゃで。じゃが黄蓮はむずかしゅうて黄蓮にええ場所はようけはないんじゃぞい」

掘り上げた古根は、むしろに広げてよく干し上げる。干し上がるとたき火にかざしてひげ根を焼く。夜なべ仕事は黄蓮みがきだ。みがいた黄蓮はこもたてに入れて担《かつ》ぎだすと、大野のあきんどが、一貫を米一俵の値で引き取るのだった。

「あん頃は、山あらそいがよう起こって、小前の若けえ者はえらい騒いだもんじゃで」

おっ母は柴木《ばいた》を集めて火をおこし、根焼きを始めていた。

「この山を越えて宮谷の方までいった者は、えらい目におうたことよ。小屋は焼かれるしさあ、手間かけて拓いた畑も隣村のもんになってしもうた」

おっ母がぷすぷすいぶる焚き火の上にひげ根をかざして焼き切ると、トキは半草履《あしなか》を手にはめてこする。黄蓮のひげ根はよくいぶって、からい涙が鼻へと伝わる。折からの風に煙が左右に吹き散らされると、煙を頭からかぶってむせた。

嘉永年代になって、山の中にも銭経済が入り込むようになると、村の衆は高い山の峰にも競ってくわ入れし、黄蓮畑がひろがっていった。山あらそいが村々の間に頻発したのもその頃だった。

山あらそいは、入り合い山の境《さかい》近くで起こった。村近くの日あたりの良い平坦な山は、高持ち衆の囲い込み地《むっし》になっていて、その外側で、できるだけ多くの畑を拓こうとすると、隣村の入り合い山と接触する。山あらそいは、時には力沙汰におよんだ。かって、奥池田三村があらそったという宮谷の山は、ここ向い嶽《だけ》の峰の南方にゆるい起伏をみせて続いていた。

トキも何度か、山あらそいの話をおとうから聞かされていた。

「あれは、十年あまりも前のことじゃて……あん時、モヨモンはひでえ怪我じゃやった。うっつけになったんはそれからじゃと、村の者は言いおうたもんじゃで」

その山あらそいのあった夏は、村小前の若い者が、結《ゆ》い（共同作業）して山に入っていたのだった。もうちょっとのことで、おとうもこの山あらそいに巻き込まれるところだったという。

「おめえら、何しとる！」

山拓きの現場を取り押さえねばならぬと、隣村の衆が大勢、大声をあげながら駆け登って来たのだった。

「こんあたりゃぁ、うららが村の請け山じゃで！　よそ山の木を伐りよって、きついご法度《はっと》があるを知らんのか！」

急ぎ人を集めて来たのであろう、せわしい息をはずませながら、足音乱して取り囲むと、怒りの顔々から罵声《ばせい》が飛んだ。

「暮れにはもう、山伐りの跡を見つけとったんじゃぞ！　おめえらが村の人衆に、以後宮谷には入らんように申し入れたに聞かなんだんか」

隣村の小前勢に違いなかった。日焼けした顔は一様に赤く、手に手に威圧の棒、鉈《なた》のたぐいが握られていた。

「山境は上の大壷の尾根じゃ。うららが村にゃ、温見《ぬくみ》村と取り交わした連判の証文と絵図面もある。それにゃ、北の大壷から東西の太尾までとなっとるぞい」

正月の村寄り合いの折、以後宮谷での伐木、焼き畑をせぬようにと、隣村から申し入れがあったという話をおとうも聞いていたという。しかし、長年の山境の了解は、温見《ぬくみ》村との間のもののはずであった。その境の山が、すでに天保《てんぽう》の頃、隣村との間に争論が起こって、温見村から隣村へ、永代卸《おろし》山となっているというのである。草刈や、木の実ひろいと、長く採集だけに使われていた入り合い山の境は、もともとあいまいなものが多くあった。ここで、畑拓《ひら》きが行われるようになると、二つ村で取り交わした古い証文が持ち出されて来たのだった。

村の立場は不利であったが、山に入っていた若い者たちはかえってはやった。もともと手ままに出入りしていた山だった。早う畑を拓いて、先入《さきい》り権を取らにゃならぬと、その夏は結《ゆ》いを組んで、威勢よく山伐り仕事に取りくんでいたのだった。

茂右衛門も、早うから仲間にまじってこの谷に入っていた。本家の畑仕事をする、そのあいまをぬっての山伐り仕事は思うにまかせなかったが、それでも夏場のわずかな期間、萱《かや》小屋もつくって、威勢のいい鉈《なた》の音を、この谷間に響かせていたのだった。

「何ぬかす。この宮谷のあたりゃぁ、うららが村が何百年もの間、手ままに出入りしとるところじゃで。長年の山境は、南の金くそが嶽の太尾境《さかい》じゃ」

村方の若い者が一歩踏み出そうとしたとき、ハッシと石つぶてが飛んだ。

「あんちゃん、大変じゃて。早う来てくんさい。隣村の衆が大勢なんじゃ」

ハルにせかされて、おとうが宮谷まで駆けつけたときには、もう萱小屋には火がかかっていた。追う者、追われる者入り乱れて山地を走り、罵《ば》声が飛び石つぶてが飛び交って、手もつけられない有様だったという。山盗人《ぬすっと》の証拠の品を取り押さえようと、逃げる者をさらに追い討って、鉈《なた》、背当てがはぎ取られていた。

おとうの話が、こんな山争いの話になるときは、きまって雨まじりの風のきつい夜だった。鬱蒼《うっそう》とした暗い夜の山は、風が吹きはじめると一変して、騒々しい山鳴りの音に包みこまれる。炉端で、黄蓮《おうれん》みがきの手を動かしながら、おとうは憑《つ》かれたように走り争ったあの山争いの話をするのだった。聞き耳をたてると、小屋まわりの激しい葉騒ぎの合い間に、遠く谷を吹き抜ける雨あらしの音が、低い地鳴りのように響いて聞こえてくる。トキには、今もあの山を争う声々が、谷で騒いでいるように思えるのだった。

「モヨモンは、それから後も、性懲《しょうこ》りもなく小屋掛けの真似事をしては壊された。小前の者にゃ、入り合い山だけが頼りなんじゃ。山なくすは、生きる術《すべ》なくすことじゃでのう。じゃがその後、村はお役所へ訴えられることになったんじゃで。取り押さえた鉈や背当てをあげて、山盗人《ぬすっと》の証拠の品じゃゆうてのう」

村も本腰を入れて山訴訟に取り組まねばならぬことになった。飢饉の続いた天保の頃、いちど二つの村で争ったこの山境いは、また新たな山争いとして再発したのだった。しかし、何といっても、向こう村には永代請《う》け山の証文があり、村の立場は明らかに不利であった。

「大体、昔から、宮谷に一番多う入っていたんはうららが村なんじゃ。じゃが、山訴訟をするにゃ、何ちゅうても証拠がいる。村人衆も本腰あげて、何とか昔からの慣例をみとめさせにゃならんゆうてたんじゃが、そう話はうまく進まん。そうこうしている間にあの盗判事件が起こったんじゃやで」

事件は温見《ぬくみ》村の訴えによって公になった。隣村の請け山となった同じときに、村もまた山境書を温見村と取り交わしたように、同じ天保十三寅の日付を入れ、偽造証文をつくったというのである。

深夜、密かに山越えで、使者にたったのは茂右衛門だった。隣村には内密に、温見村の庄屋の印形を取らねばならなかった。

おとうの話が、あの印形事件のところまで来る頃には、谷から吹き上げて来る風は、また一段と強まってくる。炉の火もそろそろ下火になって、黄蓮をみがくおとうの手元だけが明るかった。おとうの話を聞きながら、トキはいつも思うのだった。託された山境書を懐に、茂右衛門が、南へ抜ける尾根の路を、密かに温見に走ったという夜も、きっとこのような雨嵐の夜だったに違いない。谷にどよめく風、谷の葉騒ぎにせかされて、嵐の尾根を一人走ったに違いない。あの洞《ほら》のような暗い眼は、闇の嵐に吹き抜かれたせいに違いないと。

温見村からの訴状には次のようにあった。

〇〇村水呑《みずのみ》茂右衛門と申す者、内々山越にて当村農閑木挽《こびき》仲間、利右衛門方に酒持ち隠れ参り、山境一札取替し執り成し呉れ候様、厳しく相願い候。其頃組頭《くみがしら》利左衛門惣代《そうだい》に相預り、庄屋印形《いんぎょう》家内へ仕舞《しまい》置き、寝込み罷在《まかりあり》候ところ利右衛門が手引にて罷《まかり》越し、同人女房に印形入用の趣《おもむき》申し語り、利左衛門に申し聞けず、印形取出し、儀定《ぎじょう》一札として天保十三年寅年中に取替し候姿に取揃え候。

「ほれ、木挽きをして村に出入りしとる利右衛門に頼みこんだんじゃとよ。向こう村が言うにゃ、印形を預かる組頭はちょうどその時、病で寝込んどったに、何も知らん女房をだまして印形を取ったとゆうんじゃで。利右衛門ものう、長年の山境の了解じゃで、さしさわりもなかろうと思うたとゆうんじゃが、何と天保の日付になっとるとは気づかなかったとゆうんじゃで」

しかし、山境争いの村の立場が悪くなると、村は、うっつけ茂右衛門のしわざとして、村追いの処罰にしたという体裁《ていさい》を整えたのだった。

「じゃが、モヨモンを使いに立てたんは、最初からその腹あってのことじゃろうのう。モヨモンには、山守るためじゃと言い聞かせてのう。じゃが、村追いと決まったもんは、腰縄つけて夜の明けぬ間に村を出にゃならん。なんでも、ハエボシ峠を越えて、美濃の方へ行ったとのことじゃやった。ひょっこり帰った来たのが、三、四年も前かのう。その時に、村入りも許されたんじゃが、ひどううっつけになって、今もきつい風の吹く夜にゃ、あの宮谷のあたりをほっつき歩いて、おー、おー、と何だか分からんことを叫んでいるとよ」

そんな夜には、トキはなかなか寝つかれなかった。囲炉裏の火がすっかり消えると、風音がいっそう強くなるように思える。トキは、谷の風音を聞き分けようと耳を澄ます。谷のざわめきは、遠く波のように重なり合い、ひしめき合いながら、徐々に音を強めて吹き上がってくる。それは未知の暗黒から、茂右衛門をのみ込んだ暗い葛藤の渦の中から湧きあがってくる叫び声のように思えるのだった。

……そうじゃ、モヨモンが村を追われて、あのハエボシ峠を越えたという夜も、きっときつい雨嵐の夜だったにちがいなか……

古根掘りがおおかた片づく頃、きまって山にはきつい雨風が吹く。あたり一帯、暗黒の山鳴りに包まれるそんな夜を、トキは密《ひそ》かに待っていた。おとうの額に深く渋いしわが刻まれ、あの谷が叫ぶように思える夜が、トキには何故か、密かな期待をこめて待たれるのだった。

「トキ、焚き火の下の芋がもう焼けておろうが」

おっ母の声がした。

「おとう、一服せんかい」

おっ母も根焼きの手を止めて、けむい眼をしょぼつかせながら、汗を拭きとった。

南に続く宮谷の落ち合いは、もう暮れ色に包まれ始めていた。起伏の多い山のうねりは、山ひだを藍色に深く翳《かげ》らせて、落ちかけた陽に頂きだけを輝かせていた。その山ひだのところどころ、根焼きの煙がほの白く、かすかなゆらぎを見せて立ち昇っていた。

「二百十日も近いのう。それまでに、古根掘りだけは仕上げてしまわにゃならん」

焼けた芋を小枝に刺し、焦げた厚皮を剥くと、芋は、熱くほくほくした白い肉をむき出した。土の染みこんだおとうの指は、大きな黄蓮みたいだとトキは思う。その節だった手に熱い芋を手渡すと、おとうはうまそうに、口をすぼめて頬張った。

その夜、黄蓮みがきも片づけて、炉端の寝場所でうとうと眠りかけていた時だった。確かに誰かが叫ぶ声を、トキは遠くで聞いたように思えた。夢とも現《うつつ》ともつかぬ浅いまどろみの中で、その遠い呼び声が意識の表に徐々に近づくや、また眠りの中に引き込まれる。と、ほと、ほと、と萱《かや》壁をたたく音があった。はっきり目覚めたのはその時だった。

誰かが、確かに小屋外にいる。囲炉裏の火もすっかり消えて、おとうも、おっ母も、ぐっすり寝込んでいるようだった。トキは動悸うつ胸元をかき合わせて起き上がった。萱囲いの隙間から、わずかな外のほの明るさがうかがえた。しばらく、トキは固く座りこんだまま、息を殺して耳を澄ました。が、それきり、外の物音はしなかった。

つり莚《むしろ》をあげて外をのぞくと、小屋まえの干し場は水底のように冷えて青白かった。風が出て来たのであろうか、暗いブナ林が風に葉裏をめくり返すと、鈍い銀色の葉波が走った。

……モヨモンじゃなかろうか……

暗いブナ林の下に、確かに人影が動いたように思えて、トキは、目を凝らして息をのんだ。が、しかと見きわめるひまもなく、人影は暗い谷の闇に消えていった。

「もし、待ち……」

声をかけようとしたが、咽につまって声にはならなかった。人影の去った闇の方に目を凝らしながら、トキはしばらく立ちつくしていた。

……今もこの小屋に、ハルがいると思うとるんじゃろうか……

……あの山争いのあった日には、ハルはモヨモンの小屋にいたんじゃろうか……

## 4

秋彼岸が近づくと、トキたちは、向い嶽の小屋をおりて切り替え畑の伐仕事にかかった。

この頃、村山には栃《とち》、ガヤの実拾いの「口開け」となる。栃は冬場の大事な食糧で、焼き畑しても栃の木は伐《き》らぬ。この解禁の「口開け」には、夜が白みはじめると、女たちはそれぞれ三斗カマスを持ち、谷の口に集まって合図を待つ。栃が平等に行き渡るように、この日は村人衆が山に出て、峰と谷の両方から呼び合って合図をする。

「お拾いなされよー」

採りはじめの合図を聞くと、女たちは、それぞれ一斉に目指す栃場へ走った。はじめは近くの山で日に二かえり、二日、三日と、しだいに遠い入り合い山の方へ足を向けるのだった。

イヤ、向いな栃原は誰《だい》が栃原ヤー
あれこそ代官殿のしんがい栃原
　　ヤーヤーサ　コレワヤーヤー
イヤ、栃をさわそば多《よけー》くさわせヤー
おらも代官殿のお相伴《しょうばん》しよ
　　ヤーヤーサ　コレワヤーヤー

栃山の口開けの頃から、山の紅葉は徐々にはじまる。トキはおっ母をせかし、今年は姥が岳の近くまで登った。大きく伸ばした姥が岳の山脚は、幅広くゆるやかで、すすき原のムツシがいくつも続き、登りが急坂になったところから、入り合いの栃山となる。三斗の栃の実は背負いかねる重さだったが、おっ母は一仕事終わると、こんな栃歌を教えてくれるのだった。

栗やくるみ拾いは自由だった。強い雨風の吹いた翌日にはどの家も総出で拾いに出た。山の雑木にはまだ雨露がしたたっていて、一日山歩きすると、ヤマギの袖はしぼるほど濡れた。一日拾うと二斗あまり、いい栗はより分けて埋《い》け栗に、虫つきは水に浸して虫出しし、搗《つ》き栗にする。

山の紅葉がしだいに谷の方へひろがると、焼き畑の穂《ほ》つみ仕事がはじまる。地力にあわせて植えつけた稗、栗、蕎麦《そば》、玉蜀黍《とうもろこし》に豆と、焼き畑の穀物は種々雑多で、穫り入れ仕事はひときわ忙しい。丹精こめてつくっても、山の穀物の穂はどれも小さい。それでも、今年は黄金《こがね》の穂並みがさらさら波打って、山に優しい色を広がらせていた。

「のう、トキ、何年かに一度は、どの畑の穂も犬の尾のように白うなって、何にも穫れん年があるんじゃやで」

おっ母は、せわしく鎌を動かしながら、腰の穂袋《すかり》に穂を摘みいれる。

「のう、トキ、女は穫《と》れ高のあんばいを見て、一年の穀食いの腹づもりをちゃんと持たにやならんのじゃで。年貢や借り稗を引いた分、足りん分はそれだけ山のもんを集めとかにゃあかん。女に穀あんばいの甲斐性がなきゃあ、家はもたんのじゃ」

食いのばしの才覚は、山の女にとって何よりも大切なことだった。山の山菜を採集し、それを乾したり漬けたりして保存する。稗や蕎麦を粉に挽き、野菜ガテ（混ぜるもの）を刻む。毎日のカテ食のあんばいのしようによって、家の暮らしが良くも悪くもなるのだった。

「大人が一回食うにゃ、玉蜀黍《とうきび》粒なら二合五勺、稗、蕎麦なら二合いる。足りん分は野菜ガテをあんばいするんじゃや。野菜ガテが多けりゃ腹力がつかん。秋仕事、冬仕事と、仕事のきつさもちゃんと心得て、野菜ガテを加減せにゃならん。平生から、ちゃんと心積もりしとる者が、物日《ものび》の御馳走《ごっつお》もすることができるんじゃや」

ふくらんだ穂袋《すかり》をゆすり動かしながら、おっ母はトキに杓子按配《しゃもじあんばい》を教えるのだった。常畑の芋や野菜も収穫した。冬場の薪も担ぎ入れた。

村近くの紅葉もおおかた散り敷いて、山が急に冷え込むようになると、谷の渓流に水煙《みずけむり》がたつ。おっ母が手を真っ赤にして秋野菜を樽《たる》に漬け込むころ、出作りの家も秋の荷を村に運び込んで、村はまた賑やかになった。

備荒用の穀も取り分けてツシ（天上裏）の梁《はり》につるし終えると木楮伐《きこうぞき》りが始まるまでの短いひと時、村は道草を刈って、鯖江の本山寺からの回檀を待つ。男衆は道場の仏間の飾りつけをし、おっ母たちは夜の斉《とき》のご馳走をつくる。

神無月の六日は、道場開祖秀誠上人の忌日である。村ではこの日を〝六日さま〟と呼んで、谷々を歩み村に厚い信心をもたらされた秀誠上人の法要講をつづけてきた。本山から使い僧さまをお迎えし、若い衆からお婆まで、精一杯の晴れ着をきて、村じゅう同行《どうぎょう》道場につどい、一日念仏と読経に過ごす。この日は年に一度、市場商人《あきんど》もやって来る村の最も賑やかな日であった。わらわ達は早うから、商人《あきんど》を待ちかねて広場ではしゃぎ回っていた。

「毎年が最後じゃ思いながら、今年も六日さまにおあいできる。ありがたいこっつ」

一歩のぼるごとに一念仏、かがんだ腰を杖棒《つえばい》でささえ、弥兵ヱのお婆も坂を上ってきた。エイも晴れの草履をはき、お婆をせかして袖を引く。広場に屋台が広げられると、赤い敷布の上に玩具や干菓子、櫛、小間物が並べられる。それら町の商品はどれもまばゆくあでやかで、山袴《ばかま》をはいた商人が口上面白く呼びかけると、その口上に聞き惚れながら、童子たちは熱心に覗き込むのだった。

トキもつれと一緒に何度も屋台をのぞきこんだ後、艶のよいツゲの櫛を一つ買った。

……盆に、ハルが持っていたのと同じ櫛じゃ。盆にもひどうやつれて見えたに、大分悪いんじゃろうか……

ハルが寝込んでいるという。

「秋の無理がたたったんかのう。雪が来たら連れ帰って、養生させにゃなるまいに」

布施にする穀物を、さらさら小袋に詰めながら、出がけにおっ母が話していた。

盆祭りの日、艶のよい木肌色のツゲの櫛を、ハルは器用に動かして、トキの髪を梳きながら、

「トキは鉄ね《かね》（お歯黒）がよう似合うのう。口元が小そうなって、やさしゅう見える」

やつれの目立つ細い鼻柱に小皺をよせて、ハルは、トキの持つ手鏡の中に笑みかける。

「十五になったらカネつけするんは、小蛇が胸に棲《す》みこむからじゃと。女になると、皆、胸ん中に真っ赤な血の池ができるんじゃ。ここに小蛇が棲みこむんじゃとよ」

手鏡の中で笑むハルの口元にも、きれいに鉄《かね》が入っていた。その力弱いほほ笑みからこぼれる、黒曜石の鉄《かね》の色が、トキにはひどくさみしげに見えた。
あの盆祭りの夜、耀火《かがり》に細いうなじを浮き立たせて、ハルはいつまでも踊り続けていた。その鮮やかな手さばきの肩には、あきらかに疲れが見えていたが、薄い皮膚に血の色を透かして、燃える耀火のまわりを踊りつづけていた。時折、口元を袖で覆って、むせるような咳を殺していたが、押さえた袖をほどいて顔をあげると、耀火の火照りを面に受け、ハルの瞳は一層大きく、瞳のまわりを紅潮させて、きらきらと輝いて見えた。

……ハルが、あんなにやつれるようになったんは、モヨモンが村へ帰って来てからなんじゃぁなかろうか……

ツゲの櫛は手にとると、しっとり重く冷たかった。その細かい歯並びを、トキは陽に透かしてみてから髷《まげ》にさした。
盆がすんで、秋生《あきう》へ帰るハルを、トキは途中まで送って行った。シゲの幼い足元を気づかいながら、二里あまりの山越えにハルはひどく疲れて見えた。

「シゲはきつい子じゃ。ほれ、もうすぐ山峰じゃで」

ハルは苦しい息をはずませながら、紅潮した頬にじっとり汗をにじませていた。

「トキ、オレに万が一のことがあったときにゃ、シゲを頼むよのう」

シゲを支えて登りながら、ハルは時折、力なく咳き込むのだった。

トキがシゲくらいだった頃、山菜集めにはいつもハルの後について行った。山地にぜんまいを探す頃、芽吹きはじめた雑木のところどころ、タムシバが白い花をつける。

「ほれ、あのタムシバのところまで走ってみよ」

遅れるトキを元気づけると、ふくらんだ田箕《たみの》（藁で作った背負い袋）をゆらゆらさせて、若い頃のハルは弾むように駆けた。


「よう、そんなにきつう引くないや」

さっきから、エイにせびられていた弥兵ヱのお婆は、広場の陽だまりに尻を落として、眩しい目に手のひらをかざしていた。

「おう、源助んとこのトキさんかいや」

トキを見かけると、お婆は愛想よく声をかける。

「若けえ頃のハルさんによう似とるのう。ハルさんは、ほんの娘っこの頃から、腰のしゃっきりしたええ娘《こ》じゃった。ほれ、赤子のおめえを、いつも背で守をしとったじゃ」

広場には、使い僧さまお迎えの人影が立ちはじめていた。この道場の広場からは、南に続く山並の向こうに、姥が岳の峰だけが見えた。蝿帽子峠を背後に隠して、遠い峰の枝木の群れは、峰の木枯らしに吹きさらされて、秋の弱まった陽ざしをあびると、枝木の群れの重なるあたりは、やわらかいむく毛のようにふくらんでみえた。

「六日さまはのう、昔、毎年ハエボシ峠をお越えなされたんじゃと。こちらの谷から秋生をまわって、美濃の谷まで歩まれたんじゃ。谷のもんを救うてやろうとのう。えらいご苦労なされて歩まれたんじゃで。早う、阿弥陀さまにおすがり申して、後生の一大事をお願い申せとな。谷をまわると三十里じゃと。ハエボシ峠は〝這法師〟の意味なんじゃで。美濃の方ではのう、ハエボシ峠から流れる水を〝上人水〟ゆうて、今も、難儀な目におうたときにゃ、この水汲みにのぼるんじゃとよ」

「モヨモンは、ハエボシ峠を越えて、美濃の国へ行っていたんけえ」

トキが問うと、お婆は、小さな額の下の落ち込んだ目を瞬《しばた》たかせながら振り返った。

「あいつのことを考えると不憫《びん》でのぅ。そうじゃ。ハエボシ峠へ行きやれ。きっと六日さまが救うて下さるゆうてのぅ」

茂右衛門が村追いになると決まってからは、村の衆は村道で出会っても、挨拶もなく急いでとおりすぎ、時折、軒先に石つぶてが投げこまれた。

「モヨモン、達者でのぅ。きっと戻ってくるんじゃぞ」

茂右衛門が村を出る日、悲しみに足腰さえ立たず、土間まで這い出てきたお婆の声を背に、茂右衛門はわらじと脚絆《はばき》に身を固めていた。

「モヨモンは何にも言わぬが、うらは知っとったんじゃ。モヨモンは家を出ると、ハルさんのところへ行ったんじゃ。一夜中、寝間のまわりをまわっていたんじゃろう。あんに親しかったのに、ハルさんは戸を開けようとはせなんだんじゃ。じゃが、それも仕方のないことよのう。モヨモンは村を出るが、ハルさんは村に残らにゃならんのじゃで。ハルさんもつらいことじゃやったろうに」

「のう。のう」

エイがまた、お婆にせびって背を押しに来た。お婆は杖ごといっしょに揺すられながら、

「村追いになったもんは、他国へ行ってもどこの村にも入れやせん。法度《はっと》があるはどこも同じじゃで。あちこち山を歩き回って、一人山賎《やまがつ》しいの暮らしじゃったろう。あんに口きかんようになってしもうて。モヨモンは何にも言わんが、それだけに不憫でのう」

お婆は、両の杖棒《つえばい》をしっかり握り直して屈んだ胸を支えると、咽元で念仏を繰り返す。いつも涙のにじんでいる、その小さく赤い病んだ目から、とめどなく涙をあふれさせて、遠く姥が岳の肩のあたり、蝿帽子峠を隠している東肩あたりを見やるのだった。

「じゃが、こうして帰って来れたんは、六日さまのおかげじゃで。あのとき、うらは言ったんじゃや。ハエボシ峠へ行きゃぁ、きっと六日さまがお助け下さるとな」

ドーン、ドーン、ドーン……

道場の太鼓が鳴り出した。広場はにわかに活気づいた。いち早く、ご使僧さまを拝もうと、同行衆《どうぎょう》は総立って坂道の方をのぞきみる。ゴンゾ草履にガマ脚絆《きゃはん》、長い山路のほこりをあびて黒袈裟《けさ》のご一行が現れると、広場には念仏の声があふれるのだった。

ご本尊前に燈明があがった。男衆が座り、お婆たちが座り、おっ母たちもそれを取り巻いて半円状に座った。お婆の隣のわらわ達もこの時ばかりは神妙にしている。トキも、つれと一緒に縁端近くに座った。読経《どきょう》が始まった。山を焼き、山をあらそい、きびしい山仕事に明け暮れる合間の一日、道場に集まった同行衆《どうぎょう》は、声をあわせて読経する。唱和の声は道場内に満ちあふれ、日暮れまでつづくのだった。

後生たすけ給へと頼み奉れば、三悪道、逃ぐる者をも抱きかかえ、大慈悲の御懐《ふところ》に、本国果満のまかまんだら、花の花散る浄土へ、臨終一念の夕べには、往生の素懐をとげ奉る御事に御座候……

『御書《おふみ》』が読み上げられる頃には、広場の屋台にはチラチラ動く灯が入って、いつの間にか、お婆の隣から抜けだしたわらわ達が広場《ばんば》を駆けまわってはしゃいでいた。

道場の燈芯台に灯がつけられると、夕暮れの薄明かりを背にして沈んでいた円陣の中に、村同行衆《どうぎょうしゅう》の面《おもて》が浮かび上がった。開け放った縁端から、冷えた夕風が吹き込んでくると、燈芯台の炎が揺らぎ、板戸にめぐった影法師を動かした。

広場のはしゃぎに振り向くと、灯りの届かない縁端に、茂右衛門の骨立ったヤマギの背が見えた。いつものように脛を折り、その骨高い膝を抱えて、しだいに濃い暮れ色に沈んでいく谷向こうに、うつろな目を放っていた。

「もし、はいらっしゃい」

トキが声をかけようとすると、つれが横合いから袖を引いて肩をすくめて見せるのだった。

阿弥陀さまをただ一念にお頼み申しますれば、娑婆逗留《とうりゅう》の間は常に如来の御光明の懐に住み、煩悩の命の終わる時には、浄土の七宝の池の中の、蓮華の花の中に、百千の音楽ともろともに、極楽の世界に生まれ出るのでござりまする………

使僧さまのお声が一段と高くなった。つるべ落としの秋の日はすっかり暮れて、山には深い闇が来ていた。使僧さまを中心に、円陣の中の燈芯だけが明るかった。この燈芯の灯りに向って、魂に一抹の光明を得ようと、村の衆は膝をつめ、一心に聴き耳を立てていた。

「もうし、はいらっしゃい。そこは冷えるじゃろうに」

トキは耳うちしようと、腰を浮かしたとき、茂右衛門の耳の、深い刃物の傷あとに気がついた。そのいびつな古い傷あとにトキは息をのみながら、思いきって囁いた。

「ハルが、秋から体をこわして寝込んどります……」


師走に入ってから雪が来た。このあたりは、遠くの山も村近くも、雪は一時《いっとき》に来る。その朝は、雪囲いした家のなかに、いつになくぽっと白んだ明るさがあって、水がめに薄氷が張った。きしむ門口を開けるとやはり雪だった。雪はまだうっすら浅かったが、枝木や石垣、隣の萱屋根にも一面雪が吹きつけられて、一夜で白の世界に変わっていた。干し場に出ると、雪下の氷がざくざく鳴った。

「おとう、雪が深うならん間に、明日にでもハルを迎えに行ってやっておくれ」

おっ母は、囲炉裏の株根の薪をつついて火を掻き立てる。複雑な凹凸を持つ株根の薪は、幾日もとろとろ燃え続けて、これが家の中の暖房と明かりをかねる。

トキたちは、もう幾月も前から紙仕事を始めていた。楮《こうぞ》を大釜で蒸し上げて皮を剥ぐ。これを水にさらして青皮を浮かし薄い表皮をたぐり取る。一筋一筋こそげ取る手間のかかる仕事は女の仕事で、朝白み始めてから夜中まで、タクリ続けて幾日もかかった。タクリ終わった白皮は、さらに冷たい川水に二晩漬けて、皮のシブを洗いさらす。雪間の流れに、束ねた皮を泳がせてシブを洗う。白皮洗いはおとうの仕事だった。

その朝は、もうおとうは、川へ出る身支度を整えていた。

「昨日の夕方、川へ楮を見に行った時、モヨモンがえろう急いで、笹生谷《さそうだに》の方へ登っていったわい」

「ハルおばを迎えに行ったんじゃろうか」

トキにはふとそんな思いが走った。トキが口をはさむと、

「あほう、そんなわけがなかろうが」

燻《くすぶ》る炉端から、すぐ、おっ母の声が返って来た。

「あいつぁ、不思議なやつよのう。この間から、今に笹生谷《さそうだに》が焼けるゆうて、皆を気味悪がらせておったじゃに。美濃路をのぼって来る御謀反の浪士が、大勢で今にハエボシ峠から

入って来るんじゃゆうてのう。ほんにあいつぁ、何考えておるんじゃろうのう」

おとうが川から白皮を上げると、その日は昼過ぎから紙煮にかかった。たっぷり半日煮込んでおいて、夕餉《ゆうげ》がおわると紙打ちだった。一鍋分の煮皮を八回に分け、小さくまるめて一時間ずつ叩く。夜なべ仕事の紙打ちは、一鍋分、楮がやわらかく、どろどろになるまで叩く。一鍋分やわらかくするには深夜までかかる。

紙打ち仕事は調子が大事だ。畳大の打ち板におとうとトキが向かい合って、調子をとって角棒をおろす。

タン、タン、タン、タン、タン、タン、ターン、ターン、ターン、

おっ母は、明日使う紙ネリをつくっていた。

「トキも早う、おとうを楽にさせてやってくれ。トキのつれ（友だち）んとこじゃ、もう若い衆が回って来とるゆうに、トキは甲斐性なしじゃで」

おっ母は、石盤の上で、紙ネリにするシャナを叩きながら紙を打つトキの背に声をかける。この在所では、家に娘がいると、夜なべ仕事の紙打ち手伝いに若い衆が訪れて来るのだった。娘にナジミが決まるまでは、二人、三人と連れだって来る。互いに冷やかしあいながら、娘と相向かいで紙を叩く。若い衆が訪れると、八拍子の打ち音にも勢が入って、冬の夜なべ仕事はひときわ賑やかになるのだった。

「今年はトキも、娘宿に入れてもろうたんじゃで、今に回って来てくれようが。うちにも遊びに来ておくれ、と頼んどいたかいや。若い衆が回ってきたら御馳走《ごっつぉう》してやっとくれ」

一回分の紙打ちが終わると、おとうは囲炉裏で一服する。雪が積もり始めたのであろう、株根の薪はどんどん燃えていたが、土間の冷え込みはきつかった。それでも小一時間、紙打ち仕事を続けると、いつしかトキも汗ばんでいた。

「紙は根気な仕事じゃのう。紙一帖を四十八枚にするんは、紙に四十八回手をかけるからじゃとよ」

おっ母は、やわらかくなった楮を木桶にとって次の紙打ちの準備をする。明日は紙舟に水を張って、一枚、一枚コテで漉く。漉きあがった紙ダネは、一日、雪中にさらして重石でしぼる。雪の合い間に青空がのぞくと、ひと時も惜しんで紙干しをする。

雪に晴れ間ののぞく日は、かえって風が切れるように冷たく、冬一日の外仕事は一番こたえる仕事だった。

紙打ちは家ん中の仕事じゃでええ。やっぱり一番根気なのは、雪の中での紙干し仕事じゃとトキは思う。


タン、タン、タン、タン、タン、タン、タン、ターン、ターン。


二回目の紙打ちを始めてから、間もなくのことだった。

「おーい、秋生《あきう》が焼けとるぞー！」

口々に叫びながら、家横を駆け上って行くせわしい足音がした。

「なんと、秋生が焼けとるじゃと」

おとうとトキが走り出てみると、月が北に迷ったかのように、裏山向こうの北の空に、闇ににじんだ明るさがあった。

山は闇に眠っているはずであった。その北に連なる山峰は突然、時ならぬ光りに目覚めたかのように、青白い雪の頂を異様に大きく浮き立たせていた。

家々からは、女や童たちが顔を出し、口々に何か叫んでいた。道場の鐘が、激しく乱打されはじめた。

「こりゃ、大変なことじゃ」

おとうは裏山の方へ走った。トキもおとうの後を追って走った。秋生の見える峰まで二里あまり、雪に足元をとられながら、雪の尾根をトキたちはただ、走りに走った。

どのくらい走ったことであろう。峰は、先に着いた村の衆、よそ村の衆が入り混じって、ごった返していた。人垣を押し分けて谷向こうを見ると、闇にはじける明るさを見せて、下秋生上秋生、四十の家並みはすべて炎の海の中にあった。それぞれの萱屋根から、火焔は高く吹き上がり、輝く光輪の中心に、一つ一つの家柱の枠が透けて見えた。その幾つもの焔輪が重なって、谷を帯状になめつくし、真紅の炎の波が暗い山裾を這いまわっていた。

「京へゆこうと美濃へ抜けた御謀反《むほん》の浪士が、ハエボシ峠から入ったんじゃと」

「何と、千あまりもおると」

「警護に来ていた大野の藩士が、浪士の宿り所をなくそうと、村に火をかけて退却したんじゃとよ」


人垣は、口々に大声で話していた。

火焔に駆られ、村を捨てた秋生の村の衆もいた。どの顔も煙を浴び、突然の恐怖に引きつって、子を抱え、荷を抱え、体を雪に倒れこませていた。その間を一人一人のぞき込んで人を探しているあんさんが見えた。

「ハルが見えん。確かに門口を一緒に出たに、ハルが見えん」

背中にシゲが負われていた。あんさんの首にしがみつき、泣く声も出ない小さな背をすっかり雪が覆っていた。

気がつかなかった。雪が激しく降っていたのだった。トキの肩にも、頭にも、激しく雪が降りかかっていた。谷の炎は降る雪を吹き上げ、雪は背後から、谷へ吹き込む風に乗って山の斜面を滑り込んでいたのだった。

見上げると、夜空は雪に満ち満ちていた。底知れぬ暗い夜空の深みから、しんしんと限りなく降る無数の雪は、谷の炎に一斉に輝いて、頭上いっぱいに銀粉のように渦巻いていた。あんさんは、首にしっかり巻きついたシゲの手を離して、シゲをトキに預けると、ハルを探しに谷へ降りていった。あんさんとおとうが降りて行った谷の方、燃えさかる村の上手の方、笹生川の川岸に沿って、小さな松明の行列がわずかずつ動いているのが見えた。

……あれが浪士の松明じゃろうか……

「オジー。オジー！」…………

…………………

誰かが叫んでいた。

元治元年、慌ただしい幕末の師走。那珂湊のいくさに敗れ、尊攘の旗を守って京へと急ぐ水戸の浪士勢が、中仙道から美濃路へ入り、雪の蝿帽子峠を越えたのだった。浪士追討の伝令は各地に飛び、すでに幾つかの戦いを重ねていた。命を受けた大野藩も、浪士の進行を妨げるため、笹生谷の民家を焼いた。笹生川から真名川沿いに焼かれた村は八か村、二百三軒、谷焼けの火は炎々と、雪の夜の天空を焦がして燃え続けた。

火がおさまり、浪士が去ると、笹生谷の衆は村へ帰って、すぐさま焼け土の上に、仮小屋づくりに取りかかった。が、大事な冬場の食糧や、種籾すら焼き失って、村の再建は困窮をきわめた。

あんさんは、幾日も谷を探しまわったが、ついにハルの姿はなかった。

「体が弱っていたんで、途中で炎に巻かれたんじゃろう」

あんさんは、がっくり肩を落としていた。

やがて、村にも、浪士勢は木の芽峠の下、新保で捕われたこと、あたらしい夜明けを呼び覚ます、尊皇攘夷の一行であったとも伝わって来たが、村人の関心事ではなかった。

茂右衛門も、村へ帰って来なかった。村の衆は、

「あのうっつけめが。大方、浪士の歩荷《ぼっか》となって、新保へ行き、浪士と一緒に捕縛されたんじゃろう」

と噂しあった。
春になると、童たちは、また新しいぜんまい綿で毬をつくり、手毬遊びを始めるのだった。

こんの茂右衛門《もよもん》茂右衛門《もよもん》は
朝の六つに起きられて
あちらへ向いてはほろと泣き
こちらへ向いてはほろと泣き
おれのお背戸に腰掛けて
何が悲しゅうて泣きしゃんす
……………………
……………………

わらべ達の幼げな毬歌を聞きながら、トキは思うのだった。

……モヨモンは、ハルをつれてハエボシ峠を越え、美濃の国へ行ったに違いなか……

トキには、そう思えてならないのだった。

この物語は福井県大野郡旧西谷村巣原を舞台としている。

西谷村は一九六五年九月に壊滅的集中豪雨を受け、一九七〇年廃村となった。

この地域は度々民俗調査が行われ、「真名川の民俗」（一九六八年）としてまとめられている。

## 参考文献


『真名川の民俗』（一九六八年）
『西谷村村誌』（一九五八年）
『大野郡誌全　復刻版』（一九七二年）
『山家慕情　初出　同人誌「にほ」一号』（一九七九年）

## 【著者紹介】

白崎龍子（しらさき・りゅうこ）

１９３７年　旧満州・中国吉林市生まれ

１９４６年　８月　福井県あわら市に引き揚げ

奈良女子大学家政学部卒業

１９６０年～１９９４年

福井県公立・県立中学校、高等学校教員、後二年間、中国山東省済南市山東中医薬大学日本語教師。

「青風短歌会」会員

著書

『月も歩む』郁朋社（２０１６年）

『歌集　寺庭』（２０２３年）オンワード岡崎

編著

『お釈迦さまの使い：法話・遺稿』白﨑良典著（２０１４年）

# 春になったら

2024年4月30日発行

著　者　白﨑龍子
発行者　向田翔一

発行所　株式会社22世紀アート
〒103-0007
東京都中央区日本橋浜町3-23-1-5F
電話　03-5941-9774
Email: info@22art.net　ホームページ：www.22art.net

発売元　株式会社日興企画
〒104-0032
東京都中央区八丁堀4-11-10 第2SSビル 6F
電話　03-6262-8127
Email: support@nikko-kikaku.com
ホームページ：https://nikko-kikaku.com/

印刷
製本　株式会社PUBFUN

ISBN：978-4-88877-286-0